KB077667

어느
맑은 날

약속이
취소되는

기쁨에
대하여

어느
맑은 날

약속이
취소되는

기쁨에
대하여

내 마음대로
고립되고 연결되고 싶은
실내형 인간의 세계

하현 지음

비에이블
B.able

Contents

평범한

나로도

즐겁게

이번 봄에는 달래를 자주 먹었습니다. 양념장을 만들어 구운 김에 싸 먹기도 하고, 숭덩숭덩 썰어 된장찌개를 끓이기도 하고, 오이와 양파를 넣고 빨갛게 무쳐 먹기도 했지요. 3월이 제철인 달래는 맛있고 영양도 풍부하지만 여러모로 성가신 채소입니다. 뿌리가 가늘고 흙이 많아 손질이 까다롭거든요. 알뿌리를 감싸고 있는 껍질도 일일이 벗겨내야 하고, 딱지처럼 뭉쳐 있는 끝부분의 흙뭉텅이도 손톱으로 꼼꼼히 제거해야 합니다. 이렇게 글로 설명하면 한 문장일 뿐이지만 실제로 해보면 아이고 허리야 소리가 저절로 나오죠.

그날 사 온 달래는 상태가 영 좋지 않아서 손질하는 데만 무려 한 시간이 걸렸습니다. 몇 번이나 때려치우고 싶었지만 그렇다고 버릴 수도 없으니 어쩌겠어요. 정신 수양을 하는 마음으로 마지막 하나까지 손질을 끝냈습니다. 한 단을 샀는데 손질하고 나니 반이 사라졌습니다. 그렇게 얻은 귀한 달래에 간장과 고춧가루, 다진 마늘과 통깨를 넣고 잘 섞어 양념장을 만들었습니다. 갓 지은 밥과 반숙 달걀 프라이, 그리고 온갖 정성을 쏟아부은 달래양념장까지. 뿌듯한 마음으로 첫술을 뜨기 전에 엄마에게 사진을 찍어 보냈습니다. 혼자 살아도 부지런히 봄나물을 챙겨 먹는 모습을 보여주고 싶었거든요. 그러니까 그건 분명 자랑이었는데…….

"반찬이 겨우 계란 후라이 하나야? 오늘은 밥상이 초라하네 ㅠㅠ"

돌아온 답장은 그랬습니다. 의도와 다르게 오히려 엄마를 걱정시키고 말았죠. 아니 잠깐만, 반찬이 달걀 프라이 하나라니? 오늘의 주인공은 달래양념장인데. 내가 이걸 어떻게 만들었는데! 예상 밖의 반응에 당황해 엄마에게 보낸 사진을 다시 봤습니다. 사진 속 달래양념장은 놀라울 만큼 존재감이 없더

군요. 손바닥보다 작은 간장 종지 하나. 그게 바로 한 시간 넘게 허리를 두들겨가며 만든 결과물이었습니다. 그러네, 초라해 보이긴 하네. 빠르게 수긍할 수밖에 없었습니다.

제 삶은 밑반찬처럼 평범합니다. 달걀 프라이 옆의 달래양념장이나 갈비찜을 주문하면 딸려 나오는 차가운 잡채처럼요. 그런 것들은 아무리 작은 식탁에서도 결코 가운데에 놓이는 법이 없습니다. 저 같은 사람은 그 어디에서도 주인공이 되지 못하듯이요. 생각해보면 조금 억울합니다. 평범한 반찬이라고 해서 만드는 과정까지 쉬운 건 아닌데. 내 삶이 반짝이지 못해서 내 노력까지 초라해지는 기분이 드는 날이 자주 찾아옵니다.

그럴 때면 노트북을 펼쳐 글을 썼습니다. 달래양념장을 만드는 과정을 설명하듯 제가 살아가고 있는 평범한 삶에서 건져 올린 이야기들을 빈 화면에 차곡차곡 써 내려갔습니다. 그러는 동안에는 저도 주인공이 된 것 같았습니다. 아무도 관심을 가지지 않아 가장자리로 밀려나는 게 익숙했던 제가 세상의 중심을 향해 스스로 헤엄쳐 나가는 느낌이 들었습니다. 그 순간만큼은 내가 나로 존재해도 초라해지지 않았습니다.

모든 삶이 특별하다는 말은 아무리 생각해도 거짓말 같아요. 모두가 소중할 수는 있어도 모두가 특별할 수는 없다는 것을 이제는 알아버렸거든요. 그렇다면 저는 무엇을 할 수 있을까요? 평범한 나로도 즐겁게 살아가는 방법을 찾는 것. 요즘 제가 가장 열심인 일은 바로 이것입니다. 달걀 프라이 옆에서도 기죽지 않는 명랑하고 씩씩한 달래양념장이 되고 싶어요.

메인 요리 없이 밑반찬만 가득한 밥상을 떠올려봅니다. 멸치볶음, 깻잎조림, 양파장아찌, 오이무침, 시금치나물, 콩자반, 김부각, 열무김치……. 역시 이런 밥상은 시시한가요? 하지만 저는 시시한 밥상을 좋아합니다. 자주 먹어도 질리지 않으니까요. 모든 반찬이 고만고만해서 아무것도 주인공이 되지 않는 밥상은 정겹고 애틋합니다. 그리고 의외로 맛있습니다.

평범함 뒤에 숨겨진 노력에 조명을 비춰주는 마음으로. 여기 모인 이야기들은 모두 그렇게 쓰여졌습니다. 이 책이 저와 같은 밑반찬 친구들에게 작은 용기가 될 수 있기를 소망합니다.

Chapter 1

실내형
인간의 세계

외로운 건 솔직히
홀가분하거든요

날아갈 듯 기쁘지만 그 마음을
함부로 드러내면 안 되는 순간이
있다. 건강하지 못한 연애를
하느라 마음고생이 심했던
친구가 기다리고 기다렸던 이별
소식을 전할 때. 직장 동료들과
점심을 먹으러 가는 길, 앞장서서
걷던 얄미운 상사가 개똥을
밟았을 때. 맛집 대기줄에 서서
차례를 기다리고 있는데 직원이
문을 열고 나와 난감한 표정으로
우리 팀까지만 입장할 수 있다고
말할 때.

그리고 또 하나,
약속이 취소됐을 때.

직업이나 나이, 사는 곳과 가족 관계 같은 정보를 공개하지 않고 처음 보는 사람들에게 나를 소개해야 한다면 이렇게 말하고 싶다.

"저는 약속이 취소되면 마음속으로 기쁨의 노래를 부르는 사람입니다."

가끔은 그게 나라는 인간의 본질인 것 같다.

내가 생각해도 나는 좀 이상하다. 밥을 사 주는 사람보다 약속을 깨주는 사람이 더 고맙게 느껴질 때가 많다. 급한 일이 생겨 약속을 취소해야 할 것 같다는 연락을 받으면 나도 모르게 슬그머니 입꼬리가 올라간다. 하지만 너무 좋아하는 티를 내면 오히려 상대가 서운해할까 봐 적당히 아쉬운 척 대답한다. 어쩔 수 없지 뭐…….(아싸!) 괜찮아, 다음에 보자.(안 그래도 나가기 귀찮았는데 고마워!) 그러고는 홀가분한 마음으로 침대에 벌러덩 드러눕는다. 방금 전까지만 해도 무자비한 폭군 같았던 한낮의 뙤약볕이 갑자기 청량한 여름 풍경을 만드는 멋진 친구처럼 느껴진다. 세상은 한없이 아름답고 다정해진다. 내가 그것과 연결되어 있지 않을 때.

친구도 좋고 피자도 좋고 노래방도 좋은데 어째서 친구와 피자를 먹고 노래방에 가기로 한 약속이 깨지면 미안할 정도로 기쁜 걸까? 원하는 만큼 충분히 혼자 있고 싶지만 그렇다고 해서 외톨이가 되고 싶지는 않은 마음. 나는 아주 오랫동안 그 모순이 궁금했다.

몇 년 전, 육아용품 박람회에서 장난감 파는 일을 한 적이 있다. 내가 맡은 제품은 친환경 원목으로 만든 자동차였다. 언뜻 보기에는 평범한 장난감 자동차 같은 그 제품에는 한 가지 비밀이 숨어 있었다. 자세히 살펴보면 앞쪽에는 조그만 고리가, 뒤쪽에는 캔 뚜껑처럼 생긴 꼬리가 달려 있었는데 그걸 이용해 여러 대의 자동차를 연결하면 기차가 됐다. 사장은 그게 그 제품의 가장 큰 특징이라고 했다.

제품에 대해 설명하면 손님들은 대부분 호의적인 반응을 보였다. 기차놀이 장난감을 따로 살 필요가 없겠다고, 훌륭한 아이디어라고 감탄하기도 했다. 하지만 말만 그렇게 할 뿐 막상 두 개 이상 구매하는 경우는 많지 않았다. 나는 인센티브를 받기 위해 열심히 손님들을 꼬드겼다. "하나에 팔천 원인데 세 개 구매하시면 20퍼센트 할인도 돼요!"

거절의 이유는 다양했다.

"세 개요? 집에 장난감이 잔뜩이라 그렇게 많이는 필요 없어요."

"글쎄요, 애들이 잘 가지고 놀지 모르겠네⋯⋯."

"세 개는 좀 비싸서. 그냥 하나만 주세요."

이런 패턴이 반복되자 의문이 생겼다. 하나만 필요하면 연결 기능 없는 저렴한 제품을 골라도 될 텐데 왜 굳이 이걸 사는 걸까? 이건 여러 개가 함께 있어야 의미 있는 장난감인데. 생각보다 저조한 매출에 기운이 빠져 함께 일하는 언니에게 하소연을 늘어놓고 있으니 어느샌가 다가온 사장이 불쑥 끼어들었다.

"나중에 마음이 바뀌면 몇 개 더 사서 연결할 수 있잖아. 사람들은 그 가능성을 좋아하는 거야."

나의 모순에 대해 생각할 때면 그 말을 떠올리게 된다. 여러 대가 모이면 기차로 변신하는 자동차를 딱하나만 사던 사람들처럼 나도 연결에 대한 가능성을 좋아하는 걸까? 연결될 수 없는 건 외롭지만 연결되지 않는 건 홀가분하니까.

사용자의 편의에 따라 자유롭게 연결하고 분리할 수 있도록 설계된 제품을 모듈형이라고 한다. 모듈형 장난감, 모듈형 소파, 모듈형 서랍장, 모듈형 가방……. 나는 모듈형 인간이 되고 싶은 것 같다. 블록을 조립하듯 마음대로 세상과 연결되고 분리되는 사람. 외톨이가 아닌 채로 혼자일 수 있는 사람.

약속이 취소되면 나는 함께라는 가능성을 가진 채

로 기쁘게 혼자가 된다. 조그만 고리를 숨기고 있는 장난감 자동차처럼. 친구도 피자도 노래방도 좋지만 그게 조금 더 좋을 때가 있다. 그 안전한 고립감이 너무 달콤해서 들키지 않게 조용히 콧노래를 흥얼거린다. 창밖은 푸르고 시간은 천천히 흐르는 어느 맑은 날에.

약속이 취소되면 나는 함께라는

가능성을 가진 채로 기쁘게 혼자가 된다.

그 안전한 고립감이 너무 달콤해서

들키지 않게 조용히 콧노래를 흥얼거린다.

창밖은 푸르고 시간은

천천히 흐르는 어느 맑은 날에.

김필준은 1988년생이다.

생일은 7월 12일, 그 유명한

88 서울올림픽 개막을 두 달

앞둔 여름에 경기도 부천에서

태어났다. 혈액형은 O형, 키는

173cm, 쌍꺼풀 없는 순한 눈에

입꼬리가 살짝 위로 올라가

있어서 전체적으로 강아지

같은 인상을 준다. 경제학과

출신이지만 경제에 대해서는

별로 아는 게 없다. 그저

자신의 통장 잔고와 주식 투자

수익률에만 관심이 있을 뿐이다.

역삼동의 작은 광고대행사에서

기획팀 대리로 근무하고 있으며

직업 특성상 외근과 야근이 잦은

편이다. 직장 후배의 소개로

만난 아내와 올해로 결혼 2년 차에 접어들었다. 아직 아이를 가질 계획은 없다. 취미는 넷플릭스 시청(B급 좀비 영화 마니아다)과 향신료 수집. 일찍 퇴근하는 날이면 지하철역과 연결된 백화점 식품관에 들러 새로 들어온 수입 식재료를 구경하는 것을 좋아한다. 토요일 오전에는 동네 수영장에서 자유 수영을 하고 돌아와 아내와 함께 배달 음식을 시켜 먹는다. 운동을 좋아하지만 먹는 건 더 좋아해서 늘 다이어트에 실패한다. 좋아하는 음식은 낙지돌솥밥과 묵은지등뼈찜, 싫어하는 음식은 물냉면이다.

나는 김필준을 잘 안다. 그의 왼쪽 어깨 아래에 오백원짜리 동전만 한 화상 흉터가 있는 것도, 라식 수술 부작용으로 생긴 빛 번짐 현상 때문에 야간 운전을 힘들어하는 것도, 동료들 몰래 이직을 준비하는 것도. 그에 관해서라면 모르는 게 없다. 심지어 그가 지금 무슨 생각을 하고 있는지도 안다. 어떻게 그럴 수 있냐고? 왜냐하면……

내가 바로 김필준이기 때문이다.

김필준은 내가 만든 가상의 인물이다. 나는 가끔 그가 된다. 인터넷으로 물건을 주문할 때면 수령인 이름을 김필준으로 적는다. 식당 대기자 명단에 연락처를 남길 때나 오피스텔 세대별 정기 소독 확인란에 사인을 할 때도 김필준을 소환한다. 누군가 김필준을 찾으면 망설임 없이 이렇게 대답할 준비가 되어 있다.

"네, 제 남편인데요?"

요즘 인터넷 세상에서 제일 바쁜 사람은 곽두팔이다. 그는 사람들이 모이는 곳이라면 때와 장소를 가리지 않고 출몰한다. 어젯밤에는 유튜브 먹방 댓글창에서 신촌 마라탕 맛집을 추천하더니 오늘 아침에는 생활용품 쇼핑몰에 실내건조용 섬유유연제 구매 후기를 남겼다. 우리의 두팔 씨는 각종 SNS에서도 활발한 활동을 펼치고 있다. 이 정도면 스마트폰

중독이 아닐까 걱정될 만큼. 곽두팔의 말은 유쾌하고 센스 있다. 하지만 그의 활약을 지켜보며 킬킬거리던 나는 곧 마음이 불편해진다. 곽두팔이라는 이름 뒤에 숨어 있는 그들의 본모습을 너무 쉽게 상상할 수 있기 때문이다.

우락부락한 중년 남성을 연상시키는 곽두팔이라는 이름은 아이러니하게도 젊은 여성의 대명사다. 한동안 인터넷에서는 '세 보이는 이름 모음'이라는 것이 화제가 됐다. 혼자 사는 여성들이 택배를 받거나 기명 서비스를 이용할 때 거친 느낌을 주는 남자 이름을 사용하면 보안에 도움이 된다는 생활 팁이 알려지면서부터였다. 김춘배, 조희덕, 마윤길, 나철용, 손두식……. 예시로 언급된 많은 이름 중 곽두팔은 단연 독보적이었다. 사람들은 그 세 글자에서 느껴지는 어마어마한 포스에 장난 반 진심 반으로 압도됐다. '세 보이는 이름 모음'이 뜨거운 반응을 얻으며 널리 퍼져나가자 하나둘씩 정말로 그 이름을 사용하는 사람들이 생겨났다. 곽두팔의 시대는 그렇게 시작됐다.

여성을 대상으로 한 스토킹 범죄는 솜방망이 처벌을 비웃듯 점점 심각해졌고, 그럴수록 곽두팔은 유명해졌다. 그리고 이제는 더 이상 그 이름을 가명으로 쓸 수 없게 되었다. 곽두팔의 정체를 모두가 알아버렸으니까. 그건 김춘배도 조희덕도 마찬가지다. 보안을 위해 그런 이름을 사용하는 것은 오히려 여자 혼자 사는 집이라는 사실을 강조하는 꼴이 되어버렸다. 마치 안심번호 서비스처럼. 내게는 다른 이름이 필요했다. '세 보이는 이름'이 아닌 주변에 하나쯤 있을 법한 적당히 흔하고 평범한 남자 이름이. 그런 이름을 생각하다 김필준이라는 가상의 인물을 만들게 되었다.

김필준이라는 이름을 쓸 때면 대한민국 어딘가에서 살아가고 있을 진짜 김필준의 삶을 상상하게 된다.

그에게도 보안용 가명이 필요할까. 낯선 사람이 집에 오는 게 꺼림칙해 야식 배달을 포기하고 라면을 끓여본 적이 있을까. 인터넷 설치 기사가 방문했을 때 현관문을 완전히 닫아야 할지 조금 열어둬야 할지 고민해봤을까. 우편함에 내 이름이 적힌 우편물이 꽂혀 있는 게 찜찜해서 모바일 고지서를 신청해봤을까. 선량한 이웃을 의심하고 미안한 마음을 느껴봤을까. 네가 너무 예민한 거라는 말을 들어봤을까. 정말 그럴지도 몰라, 내가 좀 예민하긴 하지. 고개를 끄덕여봤을까. 너는 얼굴이 무기라서 괜찮다는 농담에 마지못해 웃어봤을까. 공중화장실을 이용하는 게 무서워서 방광이 아플 때까지 소변을 참아봤을까.

진짜 김필준과 곽두팔로 사는 건 어떤 기분일까. 그들에게 생존이란 어떤 의미일까.

지금은 곽두팔의 시대. 대한민국에서 여성 1인가구로 살고 있는 나는 가상의 남편을 만들어 머릿속에

꾸준히 그에 대한 정보를 업데이트한다. "네, 제 남편인데요." 언제까지고 익숙해지지 않을 말을 아무도 모르게 연습해본다.

밤의 골목을 혼자 걸을 때면 핸드폰을 꺼내 김필준과 통화하는 척을 한다. "응, 자기야. 아까 어머님한테 전화 왔었는데 토요일에 같이 간다고 했어. 열두 시쯤 가면 되지 않을까? 응, 나 거의 다 왔어. 괜찮아, 안 나와도 돼."

그런 통화를 몇 번이나 반복해도 나는 그의 목소리를 모른다. 김필준에 대한 모든 것을 다 알아도 목소리만큼은 끝내 알 수가 없다.

순금 한 돈어치의 고요

출근하지 않는 날에는 보리차
한 잔으로 아침을 때우고 이른
점심을 먹는다. 대개 오전 11시
반쯤이다. 나는 식탁 앞에
앉아 텔레비전을 켠다. 그리고
습관처럼 13번을 누른다. 음,
오늘은 이탈리아군. EBS에서
방영되는 〈세계테마기행〉은
나의 오랜 밥 친구다. 리모컨
하나로 세계 곳곳을 누빌 수 있게
해주는 이 프로그램을 나는 무척
좋아한다.
최근에 본 것 중 가장 기억에
남는 에피소드는 북미
시리즈의 마지막 편인 '오! 멋진
데이'다. 밴쿠버 외곽에 위치한
버넌이라는 마을에는 아름다운

호수와 탐스러운 호박을 재배하는 농장들이 있다. 해마다 할로윈이 다가오면 호숫가에서는 호박 배 경주가 열린다. 참가자들은 튼실해 보이는 호박을 하나씩 골라 속을 파내고 배를 만든다. 무려 250킬로그램에 육박하는 거대한 호박으로 만든 배를 타고 호수를 건너는 사람들을 보며 미역국에 밥을 말아 먹던 나는 작게 탄성을 질렀다.

내가 이 삭막한 도시에서 아등바등 살아가는 동안 지구 반대편에서는 웃음에 인색하지 않은 사람들이 호숫가에 모여 호박 배 경주를 즐긴다. 물론 그곳에도 내가 알지 못하는 팍팍한 현실이 있겠지만 아주 먼 곳에 사는 사람들의 즐거운 한때를 지켜보는 것만으로도 어떤 안도감이 찾아온다. 여기가 아닌 다른 곳에서의 삶을 잠깐 상상해보다가 나는 식사를 계속한다.

매일 여행 다큐멘터리를 보며 밥을 먹는다는 이야

기를 해놓고 이렇게 말하려니 민망하지만 사실 진짜 여행에는 별 흥미가 없다. 어떤 사람들은 가고 싶은 곳이 생기면 어떻게든 비행기 티켓을 끊어야만 직성이 풀린다는데, 나는 거실 소파에 누워 〈세계테마기행〉 '오! 멋진 데이'를 보며 "오! 멋진데~" 감탄하는 것까지가 딱 즐겁다.

진짜 여행은 뭐랄까, 당황스러운 선물 같다. 이를테면 인도 문화에 심취한 친구가 동묘 시장에서 사다 준 거대한 코끼리 조각상 같은. 날 위해 준비했다니 일단 고맙게 받긴 했지만 그래서 도대체 이걸로 뭘 해야 할지 모르겠고, 우리 집엔 이걸 놓을 만한 공간도 없고, 내가 동물을 좋아하긴 하지만 아무리 그래도 코끼리 조각상을 집에 들여놓고 아침저녁으로 쓰다듬을 정도까지는 아닌데……. 다 떠나서 집까지 들고 가기에 그 망할 코끼리는 너무 무겁다. 여행이란 게 내게는 그렇다. 이런저런 이유로 부담스럽지만 싫다고 말하기는 왠지 눈치가 보인다.

내가 가장 좋아하는 여행지는 호텔이다. 나는 여행을 떠나듯 호텔에 간다. 호텔에는 생활을 생활답게 만드는 구질구질함이 없다. 산더미 같은 빨랫감과 입만 벌렸다 하면 쌓이는 설거지거리, 음식물 쓰레기를 복도에 내놓는 몰상식한 이웃과 화장실 선반 위의 때타올 같은 것들. 아무것도 눈에 거슬리지 않는, 그래서 결코 현실이 될 수 없는 풍경. 그 속에 있으면 비행기를 타지 않고도 아주 멀리까지 떠나온 기분이 든다.

무엇보다 호텔에는 고요가 있다. 서른이 될 때까지 한 번도 집을 떠나 살아본 적 없었던 나는 늘 고요를 꿈꾸며 자랐다. 하지만 네 식구가 복작복작 모여 사는 집에서 고요를 기대하는 것은 사과나무에 고양이가 열리기를 바라는 것과 다르지 않았다. 새벽까지 이어지는 동생의 게임 소리, 온 집 안을 콘서트장으로 만드는 구성진 트로트 가락, 조용히 혼자 있고 싶은 순간에도 어김없이 느껴지는 누군가의 기척.

고요가 간절해 찔끔 눈물이 나려고 할 때마다 통장으로 조금씩 돈을 보냈다. 그리고 연말이 다가오면 그렇게 모은 돈으로 호텔을 예약했다.

창밖으로 서울의 아름다운 야경이 내려다보이는 호텔방에서 나는 오직 내가 만든 소리만 들었다. 게임의 성을 지나고 트로트의 늪을 건너 마침내 다다른 어둠의 동굴… 아니, 고요한 밤. 그건 크리스마스보다 거룩하고 산타의 선물보다 반가웠다. 불을 끄고 침대에 누우면 고요는 한층 짙어졌다. 달빛이 움직이는 소리까지 들릴 것 같은 적막 속에서 집을 떠올렸다. 방문 하나를 사이에 두고 있을 때는 숨막히게 느껴졌던 가족이라는 이름이 언제 그랬냐는 듯 애틋해졌다.

누구나 원하는 만큼 고요해질 수 있다면 세상은 지금보다 훨씬 너그러워지지 않을까. 요리 대회 심사위원이 하나의 음식을 맛본 뒤 물로 입을 헹구듯 소중한 사람들의 이야기를 더 잘 듣기 위해서는 아무 말도 듣지 않는 시간이 필요한 것 같다.

그토록 바라던 독립을 했지만 여전히 내 밤은 소란스럽다. 윗집에서 들리는 쿵쿵거리는 발소리와 초저녁부터 술판을 벌이는 옆집의 떠들썩한 말소리에 한숨을 푹 내쉬며 층간소음 피해자 모임 카페에 접속한다. 거기에는 나만큼이나 간절하게 고요를 원하는 사람들이 있다. 오랜 시달림 끝에 아파트 생활을 정리하고 단독주택으로 이사한 사람이 드디어 불면증에서 벗어났다는 소식을 전하면 축하와 부러움의 댓글이 우수수 달린다.

나는 언제쯤 호텔에 가지 않고도 조용한 밤을 보낼 수 있을까? 얼굴도 모르는 이웃을 죽일 듯이 미워하지 않아도 되는 집은 도대체 어디에 있을까? 아직 그런 미래는 너무 멀어서 연말의 짧은 여행을 기다리며 다시 호텔을 검색한다. 언젠가 꼭 한 번 가 보고 싶은 호텔의 1박 투숙료는 오늘의 순금 한 돈 시세와 똑같다. 정말이지 침묵은 금인가 보다.

모과나무 길

지난 6개월 간 가장 열심히 했던
일은 온라인 부동산 투어다.
늦가을부터 시작해 겨울을
지나 봄이 될 때까지 틈만 나면
눈에 불을 켜고 부동산 앱을
들여다봤다. 아침에 일어나
양치를 하면서, 흔들리는 버스
안에서, 아르바이트를 하며
몰래몰래, 잘 준비를 마치고
침대에 누워 밤이 깊어가는
줄도 모르고. 나는 놀라울
만큼 꾸준하고 성실하게 집을
알아봤다. 계약 기간이 끝나면 꼭
이사를 하고 싶었기 때문이다.
지금 살고 있는 집은 원룸 공급이
넘쳐나는 도시에 지어진 신축
오피스텔이라서 말도 안 되게

싸고 깨끗하다. 이 집을 처음 본 순간 나는 중개인 앞에서 절대 좋은 티를 내지 말라는 사람들의 충고를 잊어버리고 입을 크게 벌린 채 감탄하고 말았다. 첫눈에 반해버린 것이다. 이렇게 좋은 집이 이렇게 싸다니! 우물쭈물하다가 놓칠까 봐 조바심이 나서 딱 하루를 고민하고 바로 계약서에 사인을 했다. 태어나 처음 해보는 일 년짜리 월세 계약이었다.

운명처럼 만난 집에서 평화로운 열두 달을 보낼 거라는 순진한 기대를 깨뜨린 건 어이없게도 벽이었다. 우리 집과 옆집을 나누는 벽은 겉으로 보기엔 멀쩡했지만 살다 보니 문방구에서 파는 도화지를 겹겹이 발라 세워놓은 게 아닐까 의심스러울 만큼 방음에 취약했다. 말소리는 물론이고 형광등 스위치를 누르는 소리와 물건을 내려놓는 소리, 심지어 화장실에서 볼일을 보는 소리까지 적나라하게 들렸다. 설상가상으로 무늬만 벽인 판때기 너머에 사는 이웃들은 한여름 말매미처럼 목청이 좋았다. 층간

소음보다 괴로운 벽간소음에 시달리는 동안 설렘과
기대로 가슴을 두근거리게 했던 즐거운 나의 집은
끓어오르는 분노로 뒷목을 잡게 만드는 곳이 되고
말았다.

이것저것 꼼꼼히 따져보지 않고 덜컥 계약서에 사
인부터 한 대가를 혹독하게 치른 나는 계약 기간이
아직 절반이나 남은 시점부터 다시 집을 알아보기
시작했다. 지금 당장 들어가지 못하더라도 연습 삼
아 다양한 물건을 구경하며 집 보는 안목을 기를 요
량이었다.
지금 내가 가진 돈으로 구할 수 있는 집은 잘해야 복
층 원룸이지만 원룸을 알아보고 있으니 나중을 위
해 투룸도 보고 싶었다. 어쨌거나 구경은 공짜고 온
라인으로 보는 일에는 별다른 수고도 들지 않으니
까. 투룸을 구경하다 보니 더 나중을 위해 쓰리룸도
보게 되고, 더더 나중을 위해 아파트도 보게 되고,

더더더 나중을 위해 전원주택까지……. 그렇게 몇 달이 지나니 나도 모르는 사이에 집을 보는 일이 새로운 취미가 되어 있었다.

그러자 신기한 일이 일어났다. 어딜 가든 집만 눈에 들어오기 시작한 것이다. 예전 같았으면 거리의 풍경으로 보였을 평범한 건물 하나하나가 부동산 사이트에 올라오는 매물로 보였다. 동네를 걷다가 괜찮아 보이는 빌라를 발견하면 위치를 꼼꼼히 파악해뒀다. 약속이 있어 다른 지역에 가게 되면 제일 먼저 보이는 아파트의 시세를 괜히 검색해봤다. 하나같이 지금은 꿈도 꾸지 못할 만큼 비쌌지만 언젠가 다가올 미래에는 이런 집을 보러 다닐지도 모른다고 생각하면 재미있었다. 집을 알아보는 동안에는 정말이지 온 세상이 집으로 보였다.

사는 일이 막막하게 느껴질 때마다 구급약처럼 찾는 토베 얀손의 소설 《여름의 책》에는 작은 섬에서 여름을 보내는 할머니와 손녀가 등장한다. 할머니는 해변을 거닐며 파도를 타고 떠밀려 온 동물의 뼈를 줍다가 손녀에게 이렇게 말한다.

"찾고 모은다는 건 신비한 일이지. 찾는 것밖에는 안 보이니까. 크랜베리를 찾고 있으면 빨간 것밖에 안 보이고, 뼈를 찾고 있으면 하얀 것밖에 안 보여. 어디를 가도 뼈밖에 안 보인다니까. 어떤 것들은 바늘처럼 가늘어. 아주 섬세하고 부러지기 쉬우니까 아주 조심스럽게 옮겨야지. 굵은 대퇴골, 새장의 창살 같은 갈비뼈, 이런 것들은 커다란데, 난파한 배처럼 모래에 묻혀 있어. 천 가지 형태가 있고 하나하나 다 구조가 다르지."

-《여름의 책》, 토베 얀손

이 글을 읽으면 수 언니를 떠올리게 된다. 우리는 몇 년 전 동네의 한 카페에서 아르바이트를 하며 알게 되었다. 나는 마감을, 언니는 오픈을 맡아서 겹치는 시간은 한 시간 남짓이었지만 나이도 비슷하고 사는 곳도 가까워서 금세 친해졌다. 늘 짧게 마주치는 게 아쉬웠던 우리는 주말에 따로 만나 점심을 먹기로 했다. 언니는 토요일 오전에 모과나무 길에서 만나자고 했다. 모과나무 길이라니. 나는 언니가 장난을 치는 줄 알았다. 그게 무슨 말이냐고 묻자 언니는 놀라며 되물었다.

"모과나무 길 몰라? 우리 출근하는 길에 은행 지나서 횡단보도 하나 건너면 나오는 큰길. 거기가 우리 집이랑 너희 집 중간쯤이잖아."

같은 동네에서 10년 넘게 살았는데도 나는 그 길에 있는 나무가 정확히 어떤 나무인지 몰랐다. 아니, 알아볼 생각조차 하지 못했다. 하루에도 몇 번씩 모과나무 아래를 지나다니고 있었구나. 고개를 들어 나무를 올려다보는 내게 언니는 여름이 오면 열매가 열리기 시작할 거라고 알려주었다. 그러고 보니 언니는 평소에도 식물을 좋아했다. 누가 시키지도 않았는데 먼저 팔을 걷고 나서 매장에 있는 화분들에 물을 주고, 집에서 작은 구슬처럼 생긴 영양제를 가져와 흙 위에 뿌려주기도 했다.

나는 언니와 함께 걸으며 눈에 보이는 나무들의 이름을 물어봤다. 은행나무, 왕벚나무, 목련, 단풍나무, 이팝나무, 양버즘나무, 능소화 덩굴, 감나무……. 나에게는 그냥 '나무'였던 가로수들이 언니의 세상에서는 하나하나 다른 이름으로 불리고 있었다.

같은 곳에 살아도 마음속에 무엇을 품고 있는지에 따라 사람들은 각기 다른 세계를 본다. 집을 찾기 시작하면 집만 보이고, 나무를 찾기 시작하면 나무만 보이는 것처럼. 집을 찾는 사람이 나무를 찾는 사람을 만날 때 세계는 조금 낯설어지고, 꼭 그만큼 넓어진다.

나는 앞으로 집 말고 또 무엇을 찾게 될까? 무엇을

원하고 무엇을 모으는 사람이 될까? 이 질문은 내가 나에게 어떤 세계를 보여줄 것인지 묻는 말이기도 하다. 혼자서는 아주 좁고 얕은 세계밖에 볼 수 없어서 내 곁에 있는 사람들이 무엇을 찾고 모으는지 곁눈질로 열심히 힐끔거린다. 그렇게 서로를 기웃거리며 우리는 어제보다 조금 더 먼 곳을 본다.

그해 여름, 익숙한 그 길에서 처음으로 모과 열매를 발견했다. 작고 푸르고 동그란 열매가 비밀처럼 조용히 나무에 매달려 있었다. 모두가 알지만 아무나 알지 못하는 모과나무 길에서 나는 새삼스럽게 기뻐하며 사진을 찍었다. 모과를 찾는 동안에는 모과밖에 보이지 않았다.

나는 앞으로 집 말고 또 무엇을 찾게 될까?

무엇을 원하고 무엇을 모으는 사람이 될까?

"와, 그렇구나! 출판사에서
일하시는 거 완전 멋져요."
"아뇨, 그게…… 정확히 말하면
출판사에서 일하는 게 아니라
출판사랑 일하는 거예요."
두 번째 설명이었다.
출판사'에서' 일하는 것과
출판사'와' 일하는 것의 차이가
나에게는 아주 큰데 내 앞에
있는 사람에게는 그렇지 않은
모양이었다. 그럴 수도 있지,
뭐. 어느 쪽이든 책을 만드는
건 똑같으니까. 잘 알겠다는
표정으로 힘차게 고개를 끄덕인
그는 얼마간 대화를 이어가다
내가 그 생각에서 벗어났을 때쯤
다시 물었다.

"근데 출판사에서 무슨 일 하시는 거예요?"

이번에는 그 말을 바로잡을 필요성을 느끼지 못했다. 같은 말을 세 번 반복하는 건 다른 말을 세 번 하는 것보다 몇 배로 피곤한 일이다. 약속이 끝난 뒤 들러야 할 곳이 있었으므로 에너지를 최대한 아껴 두고 싶었다.

그는 내게 호의적인 태도를 보였지만 그게 그가 괜찮은 사람이라는 걸 증명하지는 못했다. 하긴, 애초에 그런 증명이 가능하긴 한가. 나도 모르게 불성실한 대답이 튀어나왔다.

"아…… 그냥 이것저것 해요."

그는 내가 말한 이것저것이 구체적으로 어떤 것인지 캐묻지 않았다. 다만 아까보다 살짝 커진 목소리로 "우와!" 하고 짧은 탄성을 내뱉을 뿐이었다. 다리를 떨거나 손톱을 물어뜯는 것처럼 본인의 의지와 무관한 버릇인 것 같았다. 리액션의 성실도와 대화의 진정성은 반비례 관계일 수도 있구나, 나는 생각했다.

사돈의 팔촌보다는 가깝고 친구의 친구보다는 먼 그는 공모전에 출품할 다큐멘터리를 만드는 중이라고 했다. 마감일은 다가오는데 작업이 잘 풀리지 않는지 인터뷰를 요청하는 메시지에서 절박함이 느껴졌다. 평소 같았으면 단칼에 거절했을 텐데 무슨 바람이 불었는지 덜컥 약속을 잡았다. 글감을 하나 건질 수 있을지도 모른다는 기대에서였을까?

인터뷰는 순조롭게 진행됐다. 걱정했던 게 무색할 정도로 편안한 분위기였다. 딱 하나, 인터뷰어의 단어 선택만 빼고. 그날 그는 내 앞에서 '맘충'이라는 단어를 정확히 두 번 사용했다. 그게 몹시 거슬렸지만 친하게 지내는 사람들의 입에서 그 단어가 나왔을 때처럼 실망스럽지는 않았다. 서로에게 아무런 기대도 희망도 없는 사이는 이토록 깔끔했다.

얼마 전 가까운 사람의 입에서 똑같은 말이 나왔던 순간이 떠올랐다. 점심을 먹으러 식당으로 이동하던 차 안에서였다. 주차할 곳을 찾아 주위를 두리번

거리던 그는 어딘가를 한참 바라보다가 못마땅한 표정으로 말했다. "하여간, 저러니까 맘충 소리를 듣지." 나는 그 말을 못 들은 척했다. 그가 무엇을 보았는지 알고 싶지 않았다. 고개를 돌려 먼 곳을 응시하며 입 밖으로 나오려는 말을 삼키기 위해 애썼다. 그러는 동안 내가 느낀 기분은 참담함이었다.

비슷한 듯 다른 질문들이 꼬리에 꼬리를 물고 이어졌다. 그는 분량을 최대한 뽑아내기로 작정한 듯 쉴 틈 없이 질문을 쏟아냈다. 결혼과 출산 계획, 진로 고민, 삶의 궁극적 목표, 죽음에 대한 생각, 노후 대책……. 이렇게 중요한 이야기를 이렇게 중요하지 않은 사람과 하고 있는 상황이 웃기고 이상했다. 그런 생각이 들자 이 모든 게 한 편의 연극 같았다.

나는 배우가 되기로 했다. 그때부터 평소의 나와 정반대의 모습을 연기하기 시작했다. 그는 내가 무척이나 활발하고 적극적인 사람처럼 보인다고 말했다. "아뇨, 사실 하나도 안 그래요." 하지만 그 말 역시 지극히 외향적인 사람의 대사처럼 들린다는 사실을 깨닫고는 조금 놀랐다. 철저히 오해받아도 괜찮은 사람 앞에서 나는 이토록 뻔뻔해질 수 있구나. 어떤 연기를 천연덕스럽게 계속하다 보면 나조차도 속게 된다. 어쩌면 그게 진짜일지도 모른다고.

그러니까 그건 잘 아는 사람들이었다. 나를 아프게, 슬프게, 초라하게 만드는 것은. 지금 이 순간이 지나도 서로의 곁에 남아야 하는 사람들. 좋든 싫든 아직은 남이 될 수 없는 사람들. 주고받은 실망을 투명하게 드러내선 안 되는 사람들.

그들의 가장 별로인 부분까지도 너그럽게 감싸줄 수 있는 사람이 되고 싶었는데 아무래도 그건 너무 어려운 일인 것 같다. 좋아하는 사람에게서 믿을 수 없을 만큼 형편없는 모습을 발견할 때마다 나는 뻔뻔해지지도 용감해지지도 못하고 당황한다. 나 역시 그들에게 숱한 실망감과 참담함을 안겨주었을 텐데. 그 서글픈 순간을 그들은 어떻게 견뎌왔을까? 하지만 정말로 물어볼 용기는 없다. 우리는 아직 아주 많은 날을 우리로 살아야 하니까. 그 사실이 가끔은 막막하다. 그런 날이면 모르는 사람들이 간절히 그리워진다.

오랜만에 머리를 잘랐더니
미루고 미루던 숙제를 끝낸
것처럼 속이 후련하다. 나는
평균적으로 세 달에 한 번씩
미용실에 간다. 나에게 가장 잘
어울리는 머리는 귀밑 5센티미터
정도 되는 일명 똑단발
스타일이지만 매번 그것보다
조금 짧게 잘라달라고 요청한다.
미용실에 가는 텀을 최대한
늘리기 위한 꼼수다. 하지만
그렇게 잘라도 세 달을 넘기기는
힘들다. 귀 바로 아래까지밖에
오지 않았던 머리가 어느새 목을
다 덮을 만큼 덥수룩해진 것을
보며 내 몸 어딘가가 매일 조금씩
자라고 있다는 것을 실감한다.

그 느낌은 신기하면서도 무섭고, 감동적이면서도 징그럽다.

우리 동네에는 머리를 잘 자르기로 유명한 미용실이 있다. 중학교 앞 낡은 건물에 자리 잡은 그곳은 언뜻 보기에는 평범한 동네 미용실 같지만 미리 예약하지 않으면 헛걸음을 할 만큼 손님이 많다. 몇 년 전까지는 나도 그 미용실에 다녔다. 소문대로 커트 실력은 흠잡을 데 없이 훌륭했다. 단순히 머리를 잘 자르기만 하는 게 아니라 손님이 어떤 스타일을 원하는지 정확히 파악하는 센스가 있었다. 하지만 이제 더는 그곳에 가지 않는다. 번거로운 예약 절차보다 곤란한 문제를 끝내 극복하지 못했기 때문이다. 그건 바로 끝없이 이어지는 미용사의 스몰토크였다.

그곳에서 머리를 자르면 세상사에 관한 오만 가지 이야기를 듣게 된다. 어제의 사건사고, 동네 소식, 국가 안보 실태, 재테크 비법, 보험 설계 팁, 일일드라마에 악역으로 출연하는 배우의 실제 성격, 친구네 시댁 가족 모임이 열렸던 일식집의 위생 상태, 새싹보리의 효능, 국내산과 수입산 임플란트의 차이, 사형제도에 대한 입장, 실버산업의 성장 전망……. 그 모든 이야기가 가위보다 빠르게 움직이는 입에서 쏟아진다. 그렇게 한 시간쯤 지나고 나면 슬슬 정신이 혼미해지기 시작한다. 마지막 한 방울까지 알뜰하게 기가 빨린 나는 좀비처럼 퀭한 얼굴로 계산을 마치고 도망치듯 황급히 집으로 돌아온다.

스몰토크의 늪에서 벗어나기 위해 조용한 미용실을 찾아다녔다. 하지만 어디를 가도 마찬가지였다. 나는 그저 머리를 자르고 싶었을 뿐인데 정신을 차려 보면 생면부지의 사람에게 호구 조사를 당하거나 고장난 목각 인형처럼 삐걱삐걱 고개를 끄덕이며 쓸데없는 말을 늘어놓고 있었다. 그런 대화는 아주 드물게 즐거울 때도 있었지만 대체로 피곤하고 소모적이었다. 나와는 어색하게 이야기를 이어가던 미용사가 옆자리에 앉은 다른 손님과 금세 친해져 깔깔거리며 농담을 주고받을 때면 차라리 투명인간이 되고 싶었다. 그러면 세 달에 한 번씩 머리를 자를 필요도 없겠지…….

내 친구 짤랑이는 미용실을 옮길 때마다 다른 사람이 된다고 했다. 나이도, 직업도, 사는 곳도 그때그때 입에서 나오는 대로 적당히 지어낸다고. 그러면 어떤 질문도 당황스럽거나 무례하게 느껴지지 않는다고 했다. "그러다 지난번에 뭐라고 말했는지 헷갈리면 어떡해?" 내가 묻자 짤랑이는 대답했다. "다시 지어내면 되지. 어차피 아무도 기억 못 해. 진짜 궁금해서 물어본 게 아니니까."

그 말을 듣고 처음으로 이런 생각을 했다. 그래, 미용사들도 손님에게 말을 거는 게 귀찮을 때가 있겠지. 조용히 일만 하고 싶지만 그러면 불친절해 보일까 봐 궁금하지도 않은 것들을 괜히 물어보는 걸지도. 미용실 스몰토크가 유독 피곤한 건 한 마디를 들

으면 똑같이 한 마디를 받아쳐야 하기 때문인 것 같
다. 택시 스몰토크가 손님을 뒤로 떠밀어 방청객으
로 만든다면 미용실 스몰토크는 앞으로 끌어당겨
쇼의 게스트로 만들어버린다. 그래서 택시에서는
자주 불쾌해지고, 미용실에서는 자주 당황하게 되
는 걸까? 어느 쪽이든 스몰토크는 어렵다. 때로는
빅토크보다 더.

그렇게 유목민처럼 여러 미용실을 전전한 끝에 지
금 다니는 곳을 발견했다. 아파트 단지 상가 1층에
있는 그 미용실은 위치가 좋은데도 놀랄 만큼 한적
하다. 평일에도 주말에도, 낮에도 저녁에도 한결같
이 손님이 없어서 예약하지 않아도 아무때나 방문
할 수 있다. 그곳에서 머리를 자르고 나면 사흘 정도
후회하게 된다. 염색은 잘하지만 커트 실력은 어딘
가 조금 어설프다. 그럼에도 계속 그곳을 찾는 이유
는 딱 하나다. 내가 그토록 찾아 헤매던 조용한 미용

실이기 때문이다.

사장이자 유일한 직원인 그곳의 미용사는 과묵한 스타일이다. 무례하게 느껴지지 않을 만큼만 친절하고 꼭 필요한 질문만 한다. 손님의 주문대로 머리를 만질 뿐 사람들이 서비스라고 부르는 영역에는 도통 관심이 없어 보인다. 그러나 바로 그 거리감이 내게는 최고의 서비스다. 웃고 싶을 때만 웃는 여자들을 좋아하는 나는 그 미용사가 단번에 마음에 들었다. 그곳에서는 입을 다물고 있어도 전혀 어색하거나 민망하지 않다. 그런 쾌적한 분위기는 침묵을 두려워하지 않는 사람만 만들 수 있다.

사각사각 가위 소리와 라디오 소리만 들리는 매장에서 우리는 조용히 각자의 일에 집중한다. 그러다 어느 순간 거울을 통해 눈이 마주치면 라디오에서 흘러나오는 노래나 우체국 앞 사거리에 새로 생긴 빵집에 대한 이야기를 잠깐 나눈다. 그 대화는 흐르는 물처럼 어디에도 걸리지 않고 매끄럽게 이어진다. 어떤 날에는 일부러 조용한 미용실을 찾아다닌 게 무색할 정도로 말이 길어지기도 한다.

집으로 돌아오며 나는 생각한다. 겉으로는 무뚝뚝해 보이지만 어쩌면 그 미용사야말로 진정한 스몰토크의 고수일지도 모르겠다고. 우리가 나눈 대화를 곱씹으며 언젠가는 나도 그렇게 가볍고 산뜻하게 스몰토크를 이끌어나가는 어른이 되겠다고 다짐한다. 억지로 웃거나 웃기려고 애쓰지 않으면서. 앞으로 사흘 정도는 거울을 멀리하게 되겠지만 그런 건 아무래도 괜찮다. 어차피 머리는 금방 다시 자랄 테니까. 머리를 잘하는 미용실은 널리고 널렸으니 다른 걸 잘하는 미용실도 하나쯤 있으면 좋을 것이다. 그 쓸모를 응원하는 마음으로 세 달에 한 번씩 그곳에 간다.

고양이 한 마리면 충분합니다

전국의 제과제빵 학원들이
문전성시를 이루고 파티셰가
수많은 사람들의 새로운 꿈으로
급부상했던 그때. 모두가 한마음
한뜻으로 촌스러운 이름에
열광했던 그때. 숨겨왔던 나의
수줍은 마음 모두 네게 주고
싶었던 그때.

MBC 드라마 〈내 이름은
김삼순〉이 선풍적인 인기를
누리며 51퍼센트에 육박하는
시청률을 기록했던 2005년. 다른
건 다 어설퍼도 빵 하나는 기가
막히게 만드는 우리의 주인공
김삼순은 서른이었고, '치킨보다
모카빵! 삼겹살보다 바게트!'가
삶의 모토였던 나는

열다섯이었다.

서른 살 삼순이의 뒤를 끈질기게 쫓아다녔던 세 글
자를 아직도 기억한다.

노처녀.

사람들은 말했다. 서른이 될 때까지 결혼하지 못한
여자는 어딘가 문제가 있는 거라고. 눈이 너무 높거
나 자존심이 세거나 성격이 더러울 거라고. 그런 여
자는 결코 행복해질 수 없다고. 이십 대 안에 결혼이
라는 과업을 완수하지 못한 여자는 수시로 호출되
어 심판대에 올랐다. 일단 거기 올라가면 어떤 식으
로든 죄인이 됐다.

삼순이 나이의 딱 절반이었던 중학교 2학년짜리 여
자아이에게 세상은 노처녀가 된다는 것에 대한 공
포를 학습시켰다. 살금살금, 그게 세뇌라는 사실을
절대 알아차리지 못하게. 나는 심판대에 오르고 싶
지 않았다. 나를 하자 있는 인간으로 만들기 위해 눈

에 불을 켜고 달려드는 사람들 앞에서 의연한 모습을 보일 자신이 없었으므로. 솔직히 말하면 두려웠다. 드라마 속 삼순이 언니처럼 50퍼센트 파격 세일을 해도 팔리지 않는 애물단지 재고품이 될까 봐. 그때 나는 스스로를 상품처럼 생각했던 것 같다.

공포의 씨앗은 내 안에서 무럭무럭 자라나 꽃을 피우고 열매를 맺었다. 국가의 욕망은 그런 식으로 은밀하게 개인의 욕망이 되었다. 나는 꽤 훌륭한 열매였다. 한 남자의 아내가 되어 하나 이상의 아이를 낳는 것을 인생 최대 목표로 여기는 젊은 여자. 이성애자 부부와 그들의 친자로 이루어진 '정상 가족'을 구성해 사회 중심부에 소속되고 싶은 성실한 소시민. 그것이 손에 쥘 수 있는 최고의 성공이자 부모에게 다할 수 있는 최대의 효도라고 굳게 믿는 내가 바로 참된 유교걸!

서른은 내게도 예외 없이 찾아왔다.

15년. 정확히 살아온 시간만큼을 한 번 더 반복해 삼순이 언니의 나이를 바쁘게 따라잡는 동안 세상은 아주 많이 변했다. 이제 서른은 더 이상 너무 늦은 나이도, 너무 많은 나이도 아니다. 사람들은 미혼과 비혼의 차이를 어렴풋하게나마 인지하기 시작했다. 공중파 예능 프로그램은 금요일 밤 황금 시간대를 할애해 1인 가구의 삶을 보여주고, 누군가는 그런 삶을 동경하기도 한다.

무엇보다 내가 제일 많이 변했다. 가장 예쁜 모습으로 웨딩드레스를 입기 위해 스물셋부터는 절대 짧은 머리를 하지 않겠다고 다짐했던 중학생은 이제 여기 없다. 지금의 나는 부유하고 명랑한 독거노인을 꿈꾸는 비혼주의자. 열다섯의 내가 상상조차 하지 못했던 미래에 도착했다.

하지만 정말일까?

〈내 이름은 김삼순〉을 통해 예습했던 서른과 이제

부터 본격적으로 배우게 될 나의 서른은 정말로 다른 모습일까. 평균 초혼 연령이 높아진 건 사실이지만 여전히 결혼 적령기로 분류되는 젊은 여자들은 '팔릴 때 가야 한다'는 직간접적 압박에 시달린다. 그 어떤 사이트의 회원가입 양식에서도 비혼이라는 선택지를 찾아볼 수 없으며, 혼인 관계로 엮여 있는 여자와 남자가 아니라면 한집에 살더라도 서로의 법적인 보호자가 되지 못한다. 미디어가 제시하는 (동시에 적극적으로 제안하는) 사랑의 형태는 갈수록 기괴해지고, 그것을 지적하는 사람들은 공격의 대상이 된다. 어린 여자와 나이 많은 남자의 로맨스에 환장한 것 같은 영화와 드라마를 보고 있으면 앞서 말한 변화들이 전부 기만처럼 느껴진다.

나는 결혼 제도에 동의하지 못하는 비혼주의자다. 적어도 이번 생에서는 결혼이라는 걸 할 마음이 없다. 고양이 앞니만큼도, 제1금융권 적금 이자만큼도. 하지만 이런 내 생각은 한 사람의 가치관으로 온전히 존중받지 못한다. 결혼에 대해 말할 때마다 나는 여우가 된다. 이솝이 만들어낸 정신 승리의 아이콘. 아무리 애써도 손에 닿지 않는 포도를 포기하고 돌아서며 "저건 분명 신 포도일 거야." 쓸쓸하게 중얼거리는 그 유명한 여우. 말하자면 이런 식이다.

여우   저는 결혼 안 할 거예요, 혼자 사는 게 너무
      좋거든요.
인간1 그렇게 말하는 애들이 제일 먼저 가더라.
      대한민국 3대 거짓말 몰라?
인간2 울지 말고 얘기해. 안 하는 게 아니라 못 하는
      거겠지.
인간3 아직 인연을 못 만나서 그래. 진짜 좋아하는
      사람 만나면 다 가게 돼 있어.
여우   ……. (깊은 한숨)

그게 아니라 애초에 포도를 먹고 싶은 마음이 없다

고!!! 아무리 외쳐봤자 인간은 여우의 말을 알아듣지 못한다. 인간에게 여우의 언어는 말이 아닌 울음일 뿐이고, 그것은 듣는 사람의 편의에 따라 해석된다. 오해하기로 마음먹은 사람을 이해시키는 방법은 세상에 없다.

서른이란 뭘까?
아니, 질문을 바꿔야 한다.
대체 여자에게 서른이란 무엇일까?

2005년의 삼순이에게 서른은 노처녀의 기준이었다. 2008년의 이효리에게 서른은 '육오걸'이라는 놀림감이었다. 2013년 나의 직장 동료였던 유라 언니에게 서른은 '써티유라'라는 별명이었다.
그리고 이제 내 차례. 나에게 서른은 끝없는 설명의 시간이다. 저는 결혼하고 싶지 않아요. 엄마가 될 생각이 없어요. 남편이 필요하지 않아요. 예전보단 분명 나아졌지만 여전히 얼룩처럼 남아 있는 '여자의 서른'에 대한 은근한 압박에 일일이 토를 달며 다음 세대의 서른을 기다린다. 훗날 그 아이들을 통해 서른을 복습하게 될 때는 지금과 다른 이야기를 할 수 있기를 간절히 바라며. 숨지 않고 앞으로 나가 외치기로 한다. 인간이 여우의 말을 알아듣지 못해도.

저는 고양이 한 마리면 충분합니다.

안 해요, 결혼. 안 사요!

숨지 않고 앞으로 나가 외치기로 한다. 인간이 여우의 말을 알아듣지 못해도.

확률과 가능성

10퍼센트의 확률로 500만 원을
받는 것과 100퍼센트의 확률로
5만 원을 받는 것 중 하나를
고르라고 하면 사람들은 어느
쪽을 더 많이 선택할까? 나는
한 치의 망설임도 없이 후자를
선택할 것이다. 5만 원이 아니라
5천 원만 준다고 해도. 확률
게임에는 흥미도 자신도 없다.
타고난 성향 탓도 있겠지만
당첨과는 거리가 먼 삶을
살아왔기 때문이기도 하다.
나는 당첨운이 없다. 그런
생각을 처음 하게 만들었던 것은
초콜릿이었다. 어린 시절 슈퍼나
문방구에 가면 계산대 옆에 꼭
'또또또 초콜릿'이라는 과자가

있었다. 커다란 통에 가득 담겨 있는 동그랗고 납작한 초콜릿이었는데 포장지 안쪽에 '또또또'라는 글자가 적혀 있는 걸 뽑으면 그 자리에서 하나를 더 줬다. 가격은 50원. 백 원짜리 동전 하나를 들고 가도 두 개나 살 수 있는 만만한 군것질거리라서 줄기차게 사 먹었지만 단 한 번도 '또또또'라는 글자를 본 적이 없었다. 알고 보면 전부 꽝만 들어 있는 건 아닐까? 그런 의심이 들기도 했지만 바로 옆에서 한 친구가 연속으로 두 번이나 '또또또'를 뽑는 모습을 지켜본 순간 확실히 깨달았다.

아, 나는 당첨운이 지지리도 없는 사람이구나.

어쩌면 그 초콜릿 덕분에 도박 같은 건 거들떠보지도 않는 어른으로 자랐는지도 모르겠다. 복권은 물론이고 커피 내기 사다리 타기조차 웬만하면 피하고 싶다. 세상 사람들이 전부 나 같았다면 라스베이거스의 카지노들은 진작에 줄줄이 망했을 것이다.

보험에 대해서도 마찬가지였다. 아프거나 다쳤을 때 돈 걱정부터 하지 않으려면 꼭 필요하다는 말에는 백번 동의했지만 수술비나 입원비를 감당할 수 있을 정도면 충분하다고 생각했다. 하지만 어떤 사람들에게 보험은 혹시 모를 일이 일어났을 때 진단금을 한몫 챙기기 위한 재테크 수단이었다. 내 친구 듀듀도 그중 하나였다.

보험에 빠삭한 듀듀의 올해 계획 중 하나는 성인 보험보다 저렴하면서 보장은 더 좋은 어린이 보험에 가입하는 거였다. 어린이 보험이라니, 우리는 이제 어린이를 키워도 이상하지 않을 나이인데? 내가 의아해하자 듀듀는 보험사의 비밀 아닌 비밀을 알려주었다. 출생률 감소로 어린이 고객 유치가 어려워지자 보험사들이 어린이 보험 가입 연령을 만 30세까지로 확대했다는 것이다. 나보다 생일이 한 달 빠른 듀듀는 턱걸이로 간신히 만 30세였다.

듀듀는 수능 시험을 준비하듯 보험을 공부했다. 두

꺼운 약관집에 형광펜으로 밑줄까지 그어가며 열심히인 모습이 신기했다. 듀듀에게 보험은 미래의 가능성을 위한 지출이었다. 언젠가 아주 높은 확률로 암에 걸릴 것 같은데 그런 불행이 찾아왔을 때 더 크게 좌절하지 않도록 진단금이라도 두둑하게 받고 싶다고 했다. 말이 씨가 되니 그런 소리 말라고 타박했지만 불안한 건 나도 마찬가지였다.

나는 언제까지 건강한 몸으로 살 수 있을까? 아마도 평생 누군가와 경제 공동체를 이루지 못할 것 같은데. 그렇다면 내가 아플 때 내 삶은 어떻게 되는 걸까? 무서운 병에 걸린 미래의 나를 상상하는 일은 쉬웠지만 어떤 장기도 고장 나지 않은 건강하고 튼튼한 할머니가 된 내 모습을 상상하는 일은 거의 불가능에 가까웠다. 아직 어린이 보험에 가입할 수 있을 만큼 젊은 지금도 여기저기 번갈아가며 말썽을 부리는데. 유니콘의 뿔이나 불로초를 달여 먹지 않는 이상 나는 언젠가 분명히 아플 것이다.

며칠을 고민하다가 결국 듀듀에게 설계사를 소개 받았다. 중년 여성인 그는 듀듀와 오랫동안 알고 지 낸 사이였다. 신뢰할 수 있는 친구의 소개였지만 그 래도 조금은 걱정이 됐다. 솔직히 고백하면 나는 보 험 설계사에 대한 편견을 가지고 있었다. 은행원이 100퍼센트의 확률로 5만 원을 주는 사람이라면 보 험 설계사는 10퍼센트의 확률로 500만 원을 주는 사람처럼 느껴졌기 때문이다. 그들이 10퍼센트라는 확률을 아주 크게 부풀리는 모습을 자주 목격했기 에 정신을 바짝 차리고 약속 장소로 나갔다.

듀듀의 말에 의하면 그는 실적이 꽤 좋은 편인 것 같 다고 했다. 직접 만나 보니 그 말이 무슨 뜻인지 알 것 같았다. 그는 무척 여유로워 보였다. 성실하고 꼼 꼼했지만 그것과는 별개로 내게서 꼭 계약을 따내 고 말겠다는 집요함은 느껴지지 않았다. 어떤 과장 도 없이 10퍼센트를 10퍼센트라고 말하는 사람이 었다. 덕분에 경계심을 늦추고 편하게 이야기를 이

어갈 수 있었다.

설계사와 상의해 가입할 상품을 고른 뒤에도 여러
가지 선택할 것들이 남아 있었다. 진단금을 1천만
원으로 할지 2천만 원으로 할지, 보장 기간을 90세
까지로 할지 100세까지로 할지, 납부 기간을 25년
으로 할지 30년으로 할지, 수술비와 입원수당은 얼
마나 받을지. 그런 것들을 결정하기 위해 언젠가 내
게 닥칠지도 모를 불행을 최대한 구체적으로 상상
해 봤다. 길을 걷다 차에 치이는 일이, 대장내시경을
받다가 용종을 제거하는 일이, 불의의 사고로 손가
락이 절단되는 일이, 몸속 어딘가의 혈관이 막히거
나 터지는 일이 나에게 일어날 확률은 얼마나 될까?
열심히 머리를 굴려봤지만 어차피 지금은 풀 수 없
는 문제였다. 미래란 건 아주 복잡한 확률과 가능성
으로 이루어진 세계 같았다.

가장 마지막까지 고민했던 항목은 보장 기간이었

다. 몇 번이나 마음이 오락가락했지만 당장의 지출을 조금이라도 줄이기 위해 결국 90세 보장을 선택했다. 계약서에 사인을 하다가 문득 불안해진 나는 설계사에게 물었다.

"만약에요, 아흔 살까지 건강하다가 아흔한 살에 갑자기 암에 걸리면 어떡하죠?"

그는 재미있는 농담이라도 들은 것처럼 호탕하게 웃으며 대답했다.

"그러게요, 보험 하나 드는데 고민할 게 참 많죠?"

지금이라도 100세 보장으로 바꿀까 잠깐 머뭇거렸지만 그냥 이어서 사인을 했다. 그건 지금 고민하기엔 너무 먼 미래니까. 아흔 살만 해도 여태껏 살아온 시간의 두 배를 더 살아야 될 수 있는 나이였다. 그렇게 생각하니 너무 아득해서 현기증이 날 것 같았다.

집으로 돌아오니 이번 달 보험료가 출금되었다는 안내 문자가 왔다. 미래의 나는 이 돈을 다시 돌려받

게 될까? 하나도 돌려받지 못해도 좋으니 어떤 병에
도 당첨되지 않기를 바라며 영양제를 챙겨 먹었다.
뽑아도 뽑아도 꽝만 나오던 또또또 초콜릿이 문득
그리워졌다.

또 다른 나

쓰레기통 앞에 쪼그리고 앉아
손톱을 깎는 건 나의 오래된
버릇이다. 종소리가 들리면
침을 흘리는 개처럼 손톱깎이를
꺼내면 머리로 생각하기 전에
몸이 먼저 쓰레기통 앞으로
간다. 언제부터 스스로 손톱을
깎기 시작했는지는 알 수
없지만 어쩌다 쓰레기통 앞에서
손톱을 깎게 되었는지는 확실히
기억하고 있다.

초등학교에 들어가기 전부터
다녔던 피아노 학원에서는 매주
월요일마다 손톱 검사를 했다.
원장 선생님은 늘 강조했다.
피아노를 연주하는 사람의 손은
음식을 만지는 사람의

손만큼이나 단정해야 한다고. 원장실에 가서 바짝 깎은 손톱을 보여주면 사탕과 스티커를 하나씩 받을 수 있었다. 검사에 통과하지 못한 사람은 연습을 시작하기 전에 손톱부터 깎아야 했다.

우리는 깎은 손톱을 아무렇게나 버렸다. 그러다 들키면 혼날 걸 알면서도 바닥에 대고 토각토각 손톱을 깎았다. 선생님들이 틈날 때마다 청소기를 돌려도 발밑에는 꼭 몇 개씩 초승달을 닮은 조그만 손톱 조각들이 굴러다녔다. 가끔은 가방 속에서 주인을 알 수 없는 손톱이 나오기도 했다.

한 달에 한 번 있는 과자 파티가 열리던 어느 토요일, 원장 선생님은 우리를 모아놓고 옛날이야기를 들려주었다.

옛날 옛적 어느 마을에 한 남자가 있었다. 동네에서 제일가는 부자인 그는 고래 등 같은 기와집에서 수많은 하인을 거느리며 살았다. 어느 날, 욕심 많은 쥐 한 마리가 아무도 없는 틈을 타 방에 들어와 바닥에 떨어져 있던 그의 손톱을 물어 갔다. 훔친 손톱을 먹고 남자의 모습으로 변신한 쥐는 온 집 안을 휘젓고 다니며 주인 행세를 했다. 외출을 마치고 돌아온 남자가 그 모습을 보고 깜짝 놀라 따졌지만 쥐에게 홀린 사람들은 오히려 그를 가짜라고 여겼다. 결국 그는 가족들에게 버림받고 하인들에게 흠씬 얻어맞은 뒤 마을 밖으로 쫓겨나고 말았다. 인간의 탈을 쓴 쥐는 그의 돈을 흥청망청 쓰며 놀고먹다가 재산을 모두 탕진하자 어디론가 유유히 사라져버렸다.

나는 이 이야기가 너무너무 재미있으면서도 무서웠다. 어느 날 갑자기 나를 꼭 닮은 또 다른 내가 나타나면 어쩌지? 가짜 나에게 집과 가족과 친구들을 모두 빼앗기는 상상을 하면 등골이 오싹해졌다. 그때부터 쓰레기통 앞에서 손톱을 깎게 되었다. 쥐가 손톱을 먹고 사람이 된다니. 빨간 펜으로 이름을 쓰면 죽는다는 미신만큼이나 말도 안 되는 소리 같았지만 그러면서도 바닥에 손톱을 흘리면 왠지 찜찜한 기분이 들어 얼른 주웠다.

중학교에 올라간 뒤에야 그때 그 이야기가 〈옹고집 전〉과 〈쥐 둔갑 타령〉을 반씩 섞어 각색한 것이었다는 사실을 알게 되었다. 인도에도 비슷한 설화가 전해져 내려오고, 서양에는 도플갱어를 만나면 둘 중 하나가 죽는다는 속설까지 있는 걸 보면 '또 다른 나'에 대한 공포는 인간의 본능이 아닐까 싶다.

하지만 어른이 된 지금 더 자주 느끼는 것은 그 반대의 공포다. 이제 나는 또 다른 나를 만나는 것보다 스스로의 유일무이함을 다시 한 번 깨닫게 되는 순간이 더 두렵다. 내 곁에 얼마나 많은 사람이 있든, 그들이 나를 얼마나 아끼고 사랑하든 내가 되어 내 삶을 대신 살아줄 수는 없다. 어떤 아픔과 슬픔은 그 누구와도 나눌 수 없고, 어떤 문제는 아무도 도와줄 수 없어 오직 스스로의 힘으로 해결해야 한다. 사람이나 사랑으로 채울 수 없는 마음속 가장 깊은 곳의 고독은 우리 각자가 너무도 확실하게 유일한 존재라서 생겨난 것일지도 모른다.

오랜 시간 배웠던 피아노 치는 법을 다시 차근차근 까먹는 동안 나는 자라 그때와는 다른 용기와 두려움을 가진 사람이 되었다. 쓰레기통 앞에 쪼그리고 앉아 손톱을 깎으며 생각한다. 이 세계에 내가 오직 하나뿐인 것은 정말로 다행인 일일까? 바닥에 떨어진 손톱을 가끔은 못 본 척한다. 그럴 때의 내가 무엇을 기대하고 있는지는 또 다른 나만 알 수 있다.

사람이나 사랑으로 채울 수 없는
마음속 가장 깊은 곳의 고독은 우리
각자가 너무도 확실하게 유일한
존재라서 생겨난 것일지도 모른다.

Chapter 2

이렇게
내가
되어가는 중

이건 나는 게 아니라
멋지게 추락하는 거야

90년대 초반, 그러니까 내가
아직 몇 개의 간단한 단어로만
의사를 표현할 수 있었을 때.
우리가 살던 상계동에서는 영재
교육이라는 것이 유행했다. 다른
아이들보다 걸음마가 빨라서,
말을 잘해서, 과자 봉지를 혼자
뜯을 줄 알아서. 저마다의
사건을 통해 자식에게서 빛나는
가능성을 발견한 부모들은
너도나도 영재 교육을 시작했다.
서너 명씩 그룹을 만들어
수업을 신청하면 교사가 집으로
찾아왔다. 그 무렵 동네에는 어린
자식들을 데리고 서로의 집을
오가는 엄마들이 많았다. 몇 주에
한 번씩 차례가 돌아오면 집 안을

말끔히 정돈하고 간식을 준비했다. 그런 식으로 부모에서 학부모가 되었다, 라고 앨범을 보던 엄마는 회상한다.

사실 그건 진짜 영재 교육이 아니라 '영재 교육'이라는 이름을 쓰는 업체에서 만든 아동 방문 수업이었다. 진짜 영재 교육은 진짜 영재들에게만 열려 있다는 것을 모르는 사람은 아무도 없었다. 그럼에도 가짜 영재 교육은 이름 덕을 톡톡히 보며 엄청난 인기를 끌었다.

비범함과는 거리가 먼 아이들이 삼삼오오 모여 동물 이름이며 울음소리 따위를 배우는 장면이 어떤 사람들에게는 정말 특별해 보였을까? 팔다리가 짧고 볼이 빵빵한 내가 또래 친구들과 수업을 듣는 사진을 보면 궁금해진다. 내 부모는 이토록 평범한 나에게서 어떤 가능성을 보았던 걸까. 아무것도 키워본 적 없고 무엇도 그만큼 사랑해본 적 없는 나는 아직 그 마음을 알지 못한다.

가짜 영재 교육을 받은 나는 가짜 영재로 무럭무럭 자랐다. 나의 부모는 칭찬에 능한 사람들이었다. 엄마의 칭찬은 반복법이었고 아빠의 칭찬은 과장법이었다. 어느 쪽이든 강조법이라는 것은 다르지 않았다. 내게서 무언가 남들보다 뛰어난 부분을 발견할 때마다 그들은 각자의 방식대로 나를 칭찬했다. 칭찬의 말에 단골 소재로 등장했던 것은 다름 아닌 영재 교육이었다. "역시 영재 교육을 시켜서 그런지 우리 딸은 뭐든 참 잘해!" 그런 말을 듣고 자란 나는 내가 정말 대단한 줄 알았다. 영재까지는 아니더라도 수재 정도는 되는 줄 알았다.

그게 착각이었다는 사실을 깨달은 것은 교복을 입게 된 후였다. 나를 중심으로 돌아가던 작은 세상은 하루가 다르게 넓어졌고, 넓어진 세상에는 진짜 영재와 수재들이 있었다. 그들의 재능에 비하면 내가 가진 소박한 재능은 일종의 잡기에 불과했다. 나는 경기 북부의 한 인문계 고등학교에서조차 눈에 띄지 않는 지극히 평범한 아이였다.

장난감 친구들의 모험과 우정을 그린 애니메이션 〈토이 스토리〉에는 최신 액션 인형 버즈가 등장한다. 버즈는 스스로를 장난감이 아닌 외계에서 지구로 불시착한 진짜 우주 특공 전사라고 믿는다. 장난감들의 대장이었던 카우보이 인형 우디는 어느 날 갑자기 나타나 거침없이 집 안을 휘젓고 다니는 새 장난감이 아니꼽기만 하다. 날개를 펼치면 하늘을 날 수 있다며 으스대는 버즈에게 우디는 참다못해 소리친다.

"정신 차려! 넌 장난감이야, 날지 못한다고!"

하지만 버즈에게는 그 말이 들리지 않는다. 버즈의 관심사는 오직 고장난 우주선을 수리해 하루 빨리 우주 기지로 복귀하는 것뿐이다.

어느 날, 버즈는 우연히 자신이 등장하는 텔레비전

광고를 보게 된다. 그리고 깨닫는다. 우주 전사 버즈 라이트이어는 진짜가 아니라 공장에서 대량 생산된 플라스틱 장난감이었다는 것을. 'NOT A FLYING TOY' 광고 말미에 뜨는 커다란 자막은 버즈에게 현실을 알려준다. 날개를 펼쳐도 날 수 없으며 돌아갈 우주 기지 따위는 애초에 존재하지도 않았던 것이다. 특별하다고 믿었던 자신이 그저 시시한 어린이용 장난감일 뿐이었다는 사실을 믿을 수 없는 버즈는 그 말이 진짜인지 확인해보기 위해 난간에 올라가 날개를 펼치고 뛰어내린다. 그리고 다음 장면에서 버즈는 바닥에 추락한 채 부러진 팔을 바라보며 실의에 빠진다.

그 뒤는 모두 아는 대로다. 삶에 대한 의욕을 잃고 방황하던 버즈는 우디의 도움으로 목숨을 구하고, 산전수전 공중전을 함께 겪으며 둘은 더없이 소중한 친구가 된다. 이 영화에서 내가 가장 사랑하는 장면은 우디를 품에 안은 버즈가 날개를 펼치고 아주 잠깐 공중을 떠다니는 순간이다.

"우리 지금 하늘을 날고 있어!"

우디의 말에 버즈는 대답한다.

"이건 나는 게 아니라 멋지게 추락하는 거야."

그건 언젠가 날개를 뽐내는 버즈에게 화를 내며 우디가 했던 말이기도 하다. 버즈는 이제 인정한다. 자신이 진짜 우주 전사가 아니라는 것을. 하늘을 날거나 우주와 교신할 수 없다는 것을. 그럼에도 더는 실망하거나 무너지지 않는다. 위대한 임무를 수행하는 우주 전사가 아닌 평범한 장난감으로서의 삶도 충분히 가치 있다는 것을 우디는 버즈에게 가르쳐 주었다.

한솔이와 새롬이, 그리고 재원이. 똘망똘망한 눈으로 나와 함께 영재 교육 수업을 들었던 사진 속 친구들은 진짜 영재가 되었을까? 이제는 알 길이 없지만 그 애들도 나처럼 평범한 사람으로 자랐을 것 같다.

그 시절 바쁘게 서로의 집을 오가며 영재 교육을 받았던 상계동의 수많은 아이들 역시. 하지만 우리는 결국 알게 될 것이다. 그게 실패나 패배를 의미하지는 않는다는 것을. 세상은 소수의 특별한 사람들이 아니라 다수의 평범한 사람들에 의해 유지되고 지켜진다.

10대에는 마음만 먹으면 특별한 사람이 될 수 있을 것 같았고, 20대에는 냉정한 현실을 깨달으며 끊임없이 좌절하고 나를 미워했다. 그렇다면 30대는 평범한 나로도 즐겁게 살아가는 방법을 찾는 시간이지 않을까. 열등감이나 패배감에 잠식되지 않은 건강한 마음으로 어제도 내일도 아닌 오늘을 사는 사람. 이제 나는 특별한 사람보다 그런 사람이 되기를 꿈꾼다.

이건 나는 게 아니라 멋지게 추락하는 거야.

흔들림 없이 단단한 목소리로 말하는 버즈는 오히려 바로 그 순간 가장 반짝였다.

썩은 사과 이론

단골 화장품 가게로 향하는
발걸음이 가벼웠다. 날씨도
기분도 화창했다. 1층 소아과
창문에 비친 내 모습을 곁눈질로
힐끔 보다가 문득 민망해졌다.
집에서 고작 10분 거리인
주상복합 쇼핑몰에 생필품을
사러 나왔다고 하기엔 너무
멋을 부린 것 같았기 때문이다.
웬일로 이렇게 차려입고 왔냐고
물어보면 약속이 있다고 해야지.
아무 일도 없는데 한껏 치장하고
집을 나서는 건 뭐랄까, 남이
하면 멋진데 내가 하면 어색하고
우스꽝스러워 보인다. 세상에는
그런 일이 아주 많다.
나는 두 달에 한 번씩 그 가게에

갔다. 영수증에 찍히는 품목은 매번 비슷했다. 200
밀리리터짜리 스킨 한 통, 150밀리리터짜리 로션
한 통. 하지만 그날은 달랐다. 그날 사러 간 건 여행
용으로 나온 미니 사이즈 제품이었다. 가게에 도착
한 나는 아무도 모르게 고민했다. 어떻게 말하는 게
좋을까? 계산이 끝나기를 기다리며 어색한 침묵과
함께 멀뚱멀뚱 서 있으면 사장님은 늘 그랬듯 살갑
게 말을 걸어올 것이다. "어머, 어디 여행 가시나 봐
요?"

"저 취직했어요! 다음 주에 연수 가요."

"아~ 여행이 아니라 연수 가요. 저 취직했거든요."

"이거면 2박 3일 쓰겠죠? 다음 주에 신입사원 연수
가는데 근처에 편의점 하나 없대요."

유치하지만 자랑하고 싶었다. 나도 드디어 직장인
이 됐다고. 정규직이라고. 꽤 큰 회사라고. 극장형
강당에서 오리엔테이션도 하고 전세버스를 빌려 멀
리 연수도 가는, 엄마 친구 아들딸들은 진작에 다 갔

다는 그럴싸한 회사에 나도 들어갔다고! 자주 가는 화장품 가게 사장님이라도 붙잡고 말하고 싶었다. 그 마음이 너무 투명하게 드러났는지 사장님은 약간의 호들갑을 섞어가며 성심성의껏 축하해주었다. 취업 선물로 받은 마스크팩 두 장을 소중히 손에 쥐고 가게를 나왔다.

연수는 충청도의 한 수련원에서 2박 3일간 진행됐다. 열정과 패기가 넘치는 내 또래의 낯선 사람들을 보며 내가 정말 신입사원 연수에 왔다는 걸 실감했다. 세끼 밥을 함께 먹으며 살아온 이야기를 나누고, 졸린 눈을 비비며 아침 체조를 하고, 부서 배치를 위한 테스트나 다름없는 다양한 활동을 하며 우리는 성큼성큼 가까워졌다. 둘째 날 밤, 레크리에이션이 끝나자 남자 숙소에 몰래 놀러 갈 사람을 모집하는 언니들이 방문을 두드리고 다녔다. 나는 집에서 챙겨 온 마스크팩을 룸메이트와 하나씩 나눠 붙이고

일찍 잠자리에 들었다. 괜한 말썽을 피워 입사 초반
부터 상사들의 눈 밖에 나고 싶지 않았다. 서류 심사
와 두 번의 면접을 거쳐 어렵게 얻은 그 자리가 내게
는 무척 소중했다.

마지막 날 오전에는 강의를 들었다. 정확히 어떤 강
의였는지는 기억나지 않지만 대충 일과 직장을 대
하는 태도에 대한 내용이었던 것 같다. 숨 돌릴 틈
없이 이어진 빡빡한 일정을 소화하느라 지친 우리
는 퀭한 얼굴로 졸기 바빴다. 한참을 졸다 겨우 정신
을 차리니 스크린을 가득 채운 사과 그림이 눈에 들
어왔다. 강사는 힘찬 목소리로 '썩은 사과 이론'에
대한 설명을 이어갔다.

"……상자에 썩은 사과가 딱 하나만 들어 있어도 멀
쩡하던 주변 사과들이 빠르게 썩어갑니다. 썩은 사
과가 되면 나뿐만 아니라 동료들까지 병들게 만드
는 거죠. 조직이 망가지는 건 생각보다 쉬워요. 더도
말고 덜도 말고 썩은 사과 세 개면 됩니다."

잠이 덜 깨 몽롱한 상태로 그 말을 들으며 다짐했던 것 같다. 절대로 썩은 사과가 되지 않겠다고. 회사에도 동료들에게도 좋은 영향을 주는 사람이 되겠다고.

회사가 좀 이상하다는 걸 깨달은 것은 한참이 지나고 나서였다. 벌써 월급을 몇 번이나 받았는데 근로계약서를 쓰자는 말이 없었다. 우리는 아무것도 확실히 알지 못한 채로 몇 달을 일했다. 연봉에 무엇이 포함되어 있는지, 구체적인 근무 조건은 어떻게 되는지. 그런 것들이 궁금했지만 아무도 선뜻 나서서 묻지 못했다.

여러 회사를 전전하며 이런저런 일을 다 겪어봤다는 언니 오빠들은 말했다. 그래도 월급은 꼬박꼬박 나오니 이 정도면 나쁘지 않은 거라고. 일단은 조금 더 기다려보자고. 그래서 가만히 있었다. 내가 알지 못하는 사정이 있겠지. 회사를 이해해보려고 애썼다. 정말 그러려고 했는데…….

총대를 메고 근로계약서 작성을 요구한 H오빠가 해고됐다.

이사는 H오빠를 몇 번이나 따로 불러내 면담을 가장한 회유와 협박을 했다. 뜻을 굽힐 생각이 없었던 오빠는 결국 회사를 떠나야 했다. 상사들은 H오빠의 퇴사가 자발적인 선택이었다고 입을 모아 말했다. 오빠를 못마땅하게 여기던 몇몇 동기들은 뒤에서 수군거렸다. "이럴 줄 알았어. 내가 그랬지? 그 형 빨갱이라고."

나는 궁금했다. 빵집이나 아이스크림 체인점에서 아르바이트를 했을 때도 썼던 근로계약서가 이곳에서는 왜 호그와트 입학 통지서만큼이나 귀한지. 모두 비슷한 처지인 우리가 왜 편을 갈라 서로를 미워해야 하는지. 공무원 시험을 준비하다 더 이상 까먹을 돈이 없어 여기에 왔다는 K언니의 말처럼 이 모든 게 더 좋은 회사에 들어가지 못한 우리 탓인지. 처음에는 궁금하다가, 나중에는 슬펐다가, 끝내는 화가 났다.

H오빠는 처음부터 없었던 사람처럼 모두의 기억 속에서 빠르게 사라져 갔다. 나는 틈만 나면 이야기했다. 오빠의 퇴사가 얼마나 이상하고 부당한 일인지, 그 모든 과정을 가만히 지켜보기만 했던 우리가 얼마나 비겁했는지. 그리고 얼마 지나지 않아 나도 그곳을 떠나기로 결심했다. 애초에 계약서를 쓴 적이 없으니 사직서를 제출할 필요도 없었다. "그만두겠습니다." 그 말 한마디로 모든 게 끝났다. 친하게 지냈던 동료들은 작별 선물로 그동안의 추억이 담긴 앨범과 롤링페이퍼를 만들어주었다. 단체복을 입고 환하게 웃는 연수 둘째 날의 내가 거기 있었다.

내가 떠난 뒤 연달아 네 명이 퇴사했다는 소식을 전해 들었다. '생각해보니까 네 말이 맞았어. 나도 여기서 더 일하기 힘들 것 같아.' 동갑내기 친구 J의 메시지를 받고 연수 마지막 날 들었던 강의를 떠올렸다.

"조직이 망가지는 건 생각보다 쉬워요. 더도 말고 덜도 말고 썩은 사과 세 개면 됩니다."

그 말이 자꾸만 머릿속을 맴돌았다. 나는 썩은 사과가 된 걸까? 알량한 정의감에 취해 어떻게든 버텨보려던 사람들을 흔들어놓은 걸까? 아니, 그 마음이 진짜 정의감이었다면 그만두는 대신 어떻게든 맞서 싸우지 않았을까? 질문은 꼬리에 꼬리를 물고 이어지는데 어떤 대답도 할 수 없었다. 그때의 나는 풋사과였던 것 같다. 익기도 전에 떨어져 썩을 줄도 모르는. 마음만 앞서고 모든 게 미숙하기만 했던 시고 떫은 시절.

어쩌다 한번씩 그 회사 근처에 갈 때가 있다. 그럴 때면 어김없이 기분이 이상해진다. 아직도 그곳에 남아 있는 사람이 있을까. 여전히 무언가에 쫓기듯 급하게 점심을 먹고, 어떤 날에는 양치도 하지 못한 채 오후 업무를 시작할까. 그러다 문득 도망치듯 떠나느라 미처 챙기지 못한 사물함 속 내 물건들을 생

각한다. 그게 언제 어떻게 버려졌을지 상상하며 걷

다 보면 어느새 큰길을 벗어나 있다.

서초구 용사 벡터맨

9711번 버스를 타고 서초구를
지날 때면 생각나는 사람이 있다.
이름도 얼굴도 기억나지 않지만
흐릿한 채로 종종 떠올리게 되는
사람.

그때 나는 20대 중반이었고,
'자세히는 모르겠지만 왠지
멋있어 보이는' 일을 찾아
달려드는 한 마리 불나방이었다.
밤낮으로 구직 사이트를 뒤지던
내 눈에 들어온 건 서초구에 있는
한 공연기획사의 디자이너 채용
공고였다. 공연이니 기획이니
하는 말에 홀랑 넘어가 일단
지원서를 내긴 했는데 막상
면접을 보러 오라는 연락을
받으니 당황스러웠다.

자기소개서에 쓴 말의 절반 이상이 뻥이었기 때문이다.

어떻게 하면 활발하고 사교적이면서 매사에 긍정적인 사람처럼 보일 수 있을지 고민하며 회사를 찾아갔다. 전원주택을 개조한 것처럼 보이는 2층짜리 건물이었는데 마당 한쪽에 드럼과 기타와 커다란 스피커가 놓여 있었다. 그건 너무나 '자세히는 모르겠지만 왠지 멋있어 보이는' 풍경이었으므로 그곳에 꼭 합격하고 싶어졌다.

현관 앞에 서서 옷매무새를 가다듬고 있는데 등 뒤에서 인기척이 느껴졌다. 누군지도 모르면서 반사적으로 꾸벅 배꼽 인사를 했다. "아…… 저도 면접 보러 온 사람이에요." 그가 내 품에 있는 포트폴리오 파일을 보며 말했다. 우리는 머쓱하게 인사를 나누고 안으로 들어갔다.

면접은 3대 2로 진행됐다. 다른 면접관들은 괜찮았

는데 오른쪽에 앉아 있는 과장이라는 사람의 눈빛이 유독 매서웠다. 마치 〈센과 치히로의 행방불명〉에 등장하는 온천 주인 유바바처럼. 실내에서도 선글라스를 벗지 않는 대표는 면접 내내 직원들을 '우리 애들'이라고 불렀다. 하지만 그 호칭에 애정이 담겨 있는 것 같지는 않았다. 그는 자랑하듯 말했다. "우리 애들은 야근 안 해요, 철야를 하지. 집에 자주 못 들어가도 괜찮겠어요?" 그보다 더 놀라운 건 그 말이 끝나기도 전에 내가 힘차게 고개를 끄덕였다는 사실이다.

마지막 질문은 유바바가 했다. 각자의 삶에서 절대 포기할 수 없는 것들을 말해보라는 질문이었다. 그는 이렇게 덧붙였다. "그러니까 지키고 싶은 게 뭔지 묻는 거예요." 유바바의 시선이 나를 향했다. "글쎄요, 가족……." 거기까지 말하고 나니 말문이 막혔다. 우물쭈물하는 나를 보고 유바바는 말했다. "지키고 싶은 게 별로 없나 봐요?"

'들켰다.'

나는 생각했다.

현관에서 만난 남자는 막힘없이 술술 이야기를 이어나갔다. 가족, 오래된 여자 친구, 한쪽 다리가 불편한 강아지, 어렵게 구한 전셋집, 일대일 결연을 맺어 후원하고 있는 해외의 한 어린이, 새로 산 게임기, 좋아하는 야구선수의 친필 사인볼……. 지구 용사 벡터맨도 아니고 지키고 싶은 게 뭐 그렇게 많은지. 시원시원한 그의 대답을 들으며 나는 한없이 작아졌다.

"저기요!"

후회와 자책을 옆구리에 끼고 터덜터덜 역으로 걸어가는데 누군가 나를 불렀다. 돌아보니 지구 용사 벡터맨이었다. 그는 본격적으로 면접을 보러 다닌지 얼마 되지 않아 아직 아는 게 별로 없다며 괜찮다면 커피라도 마시면서 취업 정보를 공유하지 않겠

냐고 제안했다. 낯선 사람과 수다를 떠는 취미는 없
지만 나 역시 그와 다를게 없는 상황이었기에 고개
를 끄덕였다.

아침부터 입술이 바짝 마르도록 긴장했던 탓인지
카페에 들어서자마자 갈증이 밀려왔다. 나는 머리
가 띵해질 정도로 차가운 커피를 단숨에 들이켰다.
벡터맨도 마찬가지였는지 몇 모금 마시지도 않았는
데 잔이 텅 비었다.

목을 축인 우리는 얼음을 와작와작 씹으며 방금 본
면접에 대해 이야기했다. 묘하게 공격적이었던 유
바바의 말투와 악덕 냄새 폴폴 풍기는 대표의 태도,
그리고 그런 것들을 전부 잊게 만들 만큼 근사했던
회사 건물에 대해. 이야기를 나누며 알게 된 재미있
는 사실은 벡터맨도 나도 유바바가 던진 마지막 질
문 때문에 면접을 망쳤다고 생각했다는 것이다. 청
산유수 같은 그의 대답에 기가 죽었던 나는 그 말을
믿을 수 없었다.

"망쳤다고 하기엔 대답을 너무 잘하시던데요?"

"글쎄요……. 제가 보기엔 그게 중요한 게 아닌 것 같아서요."

"그럼요?"

"아까 대표가 그랬잖아요, 집에 자주 못 들어가도 괜찮겠냐고. 개인 생활보다 회사가 우선인 사람을 원하는 모양인데 아무래도 포기할 수 없는 게 많은 사람은 힘들다고 생각하지 않을까요. 그런데 강아지에 게임 얘기까지 했으니……. 대답하고 나니까 아차 싶더라고요."

우리는 준비해 온 포트폴리오를 바꿔 보고 학원에서 주워들은 이런저런 정보들을 공유한 뒤 카페를 나왔다. 얼른 취직을 해야 결혼 얘기도 꺼내고 강아지 치료비도 보탤 수 있다고 말하는 벡터맨은 면접 때와 다르게 내내 풀 죽은 모습이었다. 유바바 앞에서 호기롭게 말했던 지키고 싶은 것들이 오히려 그를 작아지게 만드는 것 같았다. 반면 나는 그렇게까지 크게 실망하지 않았다. 내게는 지켜야 할 게 별로 없었고, 그래서 이 면접이 그보다는 덜 절실했다. 집으로 돌아오는 버스에서 생각했다. 지킬 게 많은 사람과 잃을 게 없는 사람 중 더 강한 건 어느 쪽일까. 지켜야 할 게 많은 사람들 앞에서 나는 자주 가난해진 기분이 든다. 지킬 것이 많다는 말이 꼭 가진 것이 많다는 말처럼 들려서. 오호, 가진 게 그렇게 많으시겠다? 괜히 배알이 꼴려서 그들을 향해 몰래 눈을 흘긴다. 하지만 내 앞에 앉아 불안한 듯 빨대 끝을 자꾸 물어뜯는 벡터맨은 부러워하거나 샘내기에는 너무 초라해 보였다.

불합격 통보를 받은 건 그로부터 며칠 뒤였다. 세 줄짜리 안내 문자를 읽고 또 읽다가 궁금해졌다. 만약 내가 지키고 싶은 게 많은 사람이었다면 유바바는 나를 선택했을까? 벡터맨의 결과가 궁금했지만 연락처를 교환하지 않아 알 길이 없었다.

여러 일자리를 구하고 또 버리며 20대를 지나 30대에 도착했다. 그러는 사이 잃을 게 없었던 내게도 지키고 싶은 것들이 생겼다. 가족, 몸과 마음의 건강, 읽고 쓰는 일, 얼마 없어서 더 소중한 친구들, 작고 귀여운 통장 잔고⋯⋯. 생각해보면 이 목록의 대부분은 유바바의 질문에 당황했던 그때도 내게 있었던 것들이다. 다만 그때는 그게 너무 당연해서 지키고 싶을 만큼 소중하게 느껴지지 않았을 뿐.

몇 개의 시절을 통과하는 동안 나는 배웠다. 지킬 것이 많다는 게 꼭 가진 것이 많다는 뜻은 아니라는 사실을. 어떤 사람은 아주 많은 걸 가지고도 아무것도 지키려 하지 않았고, 어떤 사람은 거의 아무것도 가지지 않고도 아주 많은 걸 지켰다. 그 차이에 대해 생각할 때마다 말로는 정확히 설명할 수 없는 부끄러움을 느껴야 했다.

지킬 것이 많은 사람들 앞에서 나는 이제 조금 안쓰러운 마음이 든다. 그들도 그럴까? 지키고 싶은 것

들을 힘주어 말해놓고 돌아서면 그것들을 잘 지켜
낼 자신이 없어져 불안해할까. 그런 생각을 하면 더
는 그들을 향해 눈을 흘길 수 없다.

마지막 질문의 모범 답안은 과연 무엇이었을까. 한
참이 지났어도 그건 여전히 알 수 없고, 그래서 대신
오래전 내가 궁금해했던 질문에 대한 대답을 한다.
아무리 생각해도 잃을 게 없는 사람보다 지킬 게 많
은 사람이 더 강한 것 같다. 지킬 것이 많아 걱정할
일도 겁낼 일도 많겠지만 소중한 것들을 소중히 여
기는 그 마음이 결정적인 순간 그들의 용기가 된다
는 것을 이제는 안다.
9711번 버스를 타고 서초구를 지날 때면 마음속으
로 하나씩 지키고 싶은 것들을 떠올린다. 그럴 때의
나는 지구 용사까지는 아니더라도 서초구 용사 정
도는 되는 것 같다.

열등감이나 패배감에 잠식되지 않은

건강한 마음으로 어제도 내일도 아닌

오늘을 사는 사람. 이제 나는 그런

사람이 되기를 꿈꾼다.

수
건
을

깔
고

자
는

날

제발, 제발, 제발……!

가슴을 졸이며 일어나 제일 먼저
이불부터 확인하는 아침이 있다.
어떤 날에는 안도하고 어떤
날에는 절망한다. 절망은 이불의
상태에 따라 세 단계로 분류할 수
있다.

소절망: 약간의 수고를 통해 수습
가능한 상태. 좀 귀찮긴 하지만
화가 날 정도는 아니다.

중절망: 수습하기 위해 번거로운
과정을 거쳐야 하는 상태.
여기서부터 슬슬 패닉에 빠진다.

대절망: 웬만한 방법으로는 수습
불가능한 상태. 그저 욕밖에
나오지 않는다.

나는 아무런 무늬도 장식도 없는 깔끔한 흰 이불을 좋아한다. 유행에 휩쓸려 이런저런 침구 세트를 구입해보기도 했지만 돌고 돌아 결국에는 다시 흰 이불로 돌아오게 된다. 차가우면서 따뜻하고, 단정하면서 화려하고, 소박하면서 사치스러운 흰 이불의 매력에 빠지면 다른 이불은 눈에 들어오지 않는다. 하지만 흰 이불은 장점만큼이나 단점도 많다. 그중에서도 가장 치명적인 단점은 역시 오염에 취약하다는 것이다. 눈처럼 하얀 새 시트에 검붉은 복분자즙을 쏟아 1급 대절망 상태에 빠졌던 경험 때문에 흰 이불 위에서는 모든 행동이 조심스럽다.

하지만 내 이불의 안위를 위협하는 최대의 적은 따로 있다. 복분자즙보다 강력한 파괴력을 뿜내는 그것. 이불 위에 두꺼운 수건을 두 겹으로 겹쳐 깔고 자게 만드는 나의 성실하고 꾸준한 적.

정혈.

그것에 대해 하고 싶은 말을 다 하려면 적어도 2박 3일은 필요할 것 같다. 일단 이름부터 시작해볼까. 대부분의 사람들은 정혈이라는 단어를 들으면 고개를 갸웃거릴 것이다. 나만 해도 그랬으니까. 내 주변에 정혈을 하는 사람은 아무도 없었다. 우리는 모두 생리를 했다. 생리란 무엇인가. 표준국어대사전에서는 생리를 이렇게 정의한다. "생물체의 생물학적 기능과 작용. 또는 그 원리." 엄밀히 말하면 눈물도 콧물도 방귀도 트림도 모두 생리인 것이다.

인구의 절반이 한 달에 며칠씩 수십 년간 피를 흘리는데도 그걸 표현할 정확한 언어를 갖지 못했다. 정혈은 생리나 월경으로, 다시 마법이나 그날 같은 단어들로 대체되었다. 사람들은 그걸 순화라고 했다. 우리의 피는 불순해서 말할수록 점점 흐릿해지고 모호해졌다.

생리나 월경 같은 애매모호한 단어 대신 '깨끗한 피'라는 의미를 가진 정혈(精血)이라는 단어를 사용하는 사람들을 알게 된 뒤로 나도 의식적으로 노력하고 있다. 언어의 힘은 언제나 우리가 생각하는 것보다 강력하니까.

나는 열네 살 봄에 첫 정혈을 했다. 어색하고 불편했던 교복이 이제 막 익숙해지기 시작할 무렵이었다. 또래 친구들보다 늦은 편이었기에 놀라거나 겁을 먹지는 않았다. 올 것이 왔구나. 덤덤하게 샤워를 하고 팬티를 빨았다. 아무리 문질러도 얼룩이 지워지지 않아 가루형 표백제를 물에 녹여 발랐던 기억이 난다. 욕실 서랍에서 언젠가 호기심에 딱 한 번 뜯어보았던 엄마의 정혈대를 꺼냈다. 다시 본 그것은 굉장히 직관적인 구조여서 별 고민 없이 사용할 수 있었다. 이제 와서 생각해보면 좀 이상하다. 그때까지 아무도 내게 정혈대를 사용하는 방법을 가르쳐주지 않았다는 게. 아기는 난자와 정자가 만나 탄생합니다. 그 시절 우리가 받았던 성교육은 딱 거기까지였다. 우리에게 정말 필요한 지식은 거기부터였지만.

어기적거리는 걸음으로 학원에 갔다. 평소처럼 수학 문제집을 풀고 친구들의 유치한 연애사를 경청하는 척했다. 집에 돌아와 저녁을 먹는 동안 엄마에게 이런저런 이야기를 늘어놓았다. 알고 보니 7반 담임이 서울대 출신이었다는 이야기, 벌써 교복 치마를 줄인 애들이 있다는 이야기, 마음에 드는 애들과 친해지기 위해 동방신기 멤버의 이름과 얼굴을 외워야 한다는 이야기. 그러니까 정혈을 시작했다는 말만 빼고 전부 다.

다음 날 아침, 학교에 가는 길에 정혈대를 샀다. 집 근처 단골 슈퍼마켓이 아닌 한 번도 가 본 적 없는 낯선 가게에서. 나의 첫 정혈은 아무도 모르게 시작해서 아무도 모르게 끝났다. 그때 내가 느낀 감정은 수치심이었던 것 같다. 정혈이라는 게 어떤 방식으로 소비되는지 나는 잘 알고 있었다. 그것은 불결하거나 성적인 것, 조롱 혹은 과도한 신성화의 대상.

내가 그걸 시작했다는 사실을 아무에게도 들키고 싶지 않았다.

두 번째 정혈을 시작하고 나서야 마지못해 엄마에게 그 사실을 알렸다. 그날 저녁, 딸기가 올라간 생크림 케이크를 앞에 두고 우리는 모두 조금씩 난감해졌다. 초를 끄기 전에 무엇을 해야 할지 몰랐기 때문이다. 나는 당시 즐겨 보던 성장 드라마 〈반올림〉의 한 장면을(사실 이 장면은 주인공의 상상이었지만 엄청난 파급력 때문에 아직까지도 인터넷에서 회자되고 있다.) 떠올렸다. 정혈을 시작한 주인공을 축하하기 위해 패밀리 레스토랑에서 화려한 케이크를 들고 노래를 부르는 가족들. "생리 축하합니다~ 생리 축하합니다~ 사랑하는 옥림이의~ 생리 축하합니다~" 그 상황에서 울지도 웃지도 못하는 주인공 옥림이의 심정을 백번 이해할 것 같았다.

결국 짝짝짝 손뼉을 치는 걸로 노래를 대신하고 촛

불을 껐다. 내 남자 형제가 오빠가 아니라 동생이라는 사실이 그나마 작은 위로가 되었다. 그날 이후 우리 가족이 정혈에 대해 이야기를 나눈 적은 단 한 번도 없다. 그건 아주 빠르고 당연하게 미지의 영역 속으로 사라졌다.

나의 정혈은 그렇게 시작되어 현재까지 진행 중이다. 여전히 한 달에 사나흘은 침대 시트 위에 수건을 깔고 자고, 세 달에 한 번은 진통제를 과다 복용한다. 그 모든 과정은 조용히 진행된다. 때로는 은밀한 작전처럼, 때로는 공공연한 비밀처럼.

초등학생들이 많이 오는 키즈카페에서 일하는 동안 나는 늘 가방 속에 정혈대를 가지고 다녔다. 화장실에 갔다가 하얗게 질린 얼굴로 돌아와 내게 도움을 요청하는 여자아이들을 종종 만났기 때문이다. 그 중 몇몇은 혹시라도 함께 놀러 온 친구들에게 그 사실을 들킬까 봐 황급히 집으로 돌아갔다. 그 뒷모습을 바라보고 있으면 마음이 무거워졌다. '피싸개'라는 상식 밖의 단어가 유행어처럼 소비되는 세상에서 첫 정혈을 시작하는 아이들. 그 아이들에게 나는 아무 말도 해줄 수가 없었다.

텔레비전 광고만 보고 정혈이 파란색인 줄 알았다는 남자, 참았다가 한 번에 해결하라는 개소리를 부끄러운 줄도 모르고 지껄이는 남자, 한 달에 딱 하루만 피가 나오는 줄 아는 남자, 정혈을 무작정 신성하고 숭고한 것으로 포장하며 "나는 그런 남자들과 달라!" 얄팍한 우월감에 도취된 남자.

이들을 정상적인 사회 구성원으로 만들기 위해서라도 우리는 정혈에 대해 더 크게, 더 자주 떠들어야 한다. 세상의 절반, 정혈하는 사람들의 이야기가 더 많이 필요하다고 생각하기에. 그래서 여기 이 글을 쓴다.

"딸내미 재벌집에 시집보내는 게
그렇게 좋아?"
"그러게 말이야. 자기 얼굴이
아주 폈네, 폈어."
"아유, 말도 마. 혼수 준비다 뭐다
정신없어 죽겠어. 재벌 사돈
되기가 쉬운 줄 알아?"
거기까지 말하고 엄마는 나를
바라봤다. 애정이 넘치는
눈빛이었다. 맞은편에 앉은
아줌마들의 시선이 일제히
내게로 쏟아졌다. 나는 허리를
꼿꼿하게 펴고 자세를 고쳐
앉았다. 그러고는 입안에 있는
도미회를 천천히 씹으며 최대한
우아해 보이는 미소를 지었다.
"아이고, 우리 지수랑 맨날

떡볶이 먹으러 다니던 게 언제 이렇게 커서 시집을 가니. 응?"

"남편 될 사람은 어때, 잘해줘?"

겉으로는 웃고 있었지만 속이 탔다. 전부 뻥이었기 때문이다.

어쩌다 보니 엄마가 재벌집과 사돈을 맺는다는 거짓말을 했고, 어쩌다 보니 엄마를 위해 이 연극에 동참하게 됐고, 어쩌다 보니 일이 커져 1인분에 10만 원이 넘는 비싼 일식집까지 예약해 엄마 친구들에게 식사를 대접하게 됐지만…….

"그럼요, 처음엔 겁나서 결혼까지는 못 하겠다 싶었거든요. 근데 보면 볼수록 사람이 괜찮더라고요. 그 댁 어른들도 다들 잘해주세요, 감사하죠."

어느새 나는 이 상황을 즐기고 있었다. 오히려 엄마보다 더. 어차피 뒷수습은 나중 일이었다. 그래, 들킬 때 들키더라도 일단은 지금에 충실하면 되는 거야. 연기는 생각보다 적성에 잘 맞았고 나는 이 배역이 몹시 마음에 들었다.

꿈이었다.

거짓말엔 영 소질이 없는 현실의 엄마는 거실 바닥에 누워 드라마 재방송을 보고 있었다. 준재벌로 등장하는 장미희가 젊은 시절 첫사랑이었던 유동근과 재회해 노년을 함께 보내는 거의 판타지에 가까운 드라마였다. 덮고 자던 얇은 담요를 몸에 두르고 그대로 엄마 옆에 누웠다. 한참 잔 것 같은데 아직 오후 네 시였다.

"엄마, 나 꿈 꿨다."

"무슨 꿈?"

"엄마가 상계동 아줌마들한테 나 재벌집에 시집간다고 뺑쳤어. 근데 나도 같이 그런 척했어. 모녀 사기단 같은 거지."

"옛날에 할머니가 왜 낮잠을 못 자게 했는지 알아?"

"왜?"

"개꿈 꾼다고."

우리는 실없이 낄낄거리며 바닥에 누워 드라마를
봤다. 저녁으로 우렁쌈밥을 먹을지 잔치국수를 먹
을지 고민하면서. 엄마는 화면에 장미희가 등장할
때마다 그의 패션 센스와 우아한 말투, 크루아상을
닮은 헤어스타일을 칭찬했다. 그냥 고개를 끄덕이
기만 하면 영혼이 없어 보이므로 약간씩 살을 붙여
가며 대꾸했다. 그러게, 엄마도 다음엔 저렇게 파마
해 봐. 근데 장미희가 올해 몇 살이지? 그래서 저 둘
은 어떻게 만난 거야? 대화는 합이 잘 맞는 파트너
와의 탁구 게임처럼 물 흐르듯 이어졌다. 하지만 속
으로는 계속 꿈 생각을 하고 있었다.

그 꿈의 재료는 오전에 있었던 일이었다. 모처럼 쉬는
날이 겹쳐 함께 치과에 갔다 돌아오던 길, 사거리 신
호등 앞에서 엄마가 낯선 사람에게 아는 척을 했다.

"어머, 자기야! 여기서 다 만나네!"

"아이고, 이게 누구야! 어디 가는 길이야?"

"오늘 쉬는 날이라 치과 갔다 오는 길이지. 아, 우리 딸이야."

"안녕하세요."

"자기 딸내미가 벌써 이렇게 컸어? 올해 몇 살이 야?"

"서른 살이에요."

"맞다, 참. 우리 동우랑 동갑이었지. 그럼 이제 시집 갈 때 됐네!"

나는 마취가 덜 풀린 입으로 어색하게 웃었다. 아랫 입술부터 턱까지 아무 감각이 없는 상태라서 제대로 웃고 있는 건지 알 수 없었다. 하지만 아무래도 상관없었다. 마취를 하지 않았어도 자연스럽게 웃지 못했을 테니까.

20년 전 같은 아파트에 살았던 동우 엄마는 우체국에 가는 길이라고 했다. 타지의 종합병원에서 일하는 아들에게 김치와 밑반찬을 보내기 위해서였다.

번듯한 직장과 결혼을 전제로 만나는 여자 친구가

있는 아들은 누구에게나 말하고 싶은 자랑거리였

다. 그 짧은 대화의 주도권은 완전히 동우 엄마에게

있었다. 직장도 애인도 없는 딸을 둔 엄마는 방청객

처럼 열심히 맞장구만 쳤다.

동우 엄마의 뒷모습이 시야에서 사라지자 나는 말

했다.

"시집갈 때 됐다는 소리 딱 질색이야. 도대체 그런

말은 왜 하는 거야?"

"아줌마들 만나면 다 그런 얘기지, 뭐. 자식들 취직

얘기, 결혼 얘기."

"좋은 직장 다니는 건 그렇다 쳐. 요즘 세상에 여자

친구 있는 게 뭐 자랑이라고."

"왜, 난 부럽기만 하더라. 우리한텐 그런 게 자랑이

야. 애들 결혼을 시켜야 숙제가 다 끝난 거지. 부모

마음은 어쩔 수 없어. 이 험한 세상에 자식 혼자 덩

그러니 남겨놓고 나중에 눈이나 제대로 감겠니?"

엄마는 지나가는 소리처럼 말했지만 그 말들은 지

나가지 못하고 내 마음속 어딘가에 차곡차곡 쌓였

나 보다. 말도 안 되는 거짓말을 하는 꿈까지 꾼 걸

보면. 뿌듯한 표정으로 나를 바라보던 꿈속의 엄마

를 떠올려본다. 틀림없이 행복이었던 그 눈빛을.

나는 알면서도 열심히 모른 척한다. 하나뿐인 딸의

미래를 걱정하는 엄마의 마음을. 그러나 정말로 알

수가 없다. 내가 나로 존재하는 방식이 사랑하는 사

람을 슬프게 할 때, 나는 과연 무엇을 할 수 있을까.

그런 쪽으로는 엄마의 자랑이 될 수 없는 나는 꿈에

서처럼 거짓말을 하는 대신 얄미울 정도로 솔직해

진다.

"엄마, 결혼 잘못해서 인생 망친 사람은 수두룩해도

안 해서 망쳤다는 사람은 본 적 없잖아. 그러니까 기

대도 걱정도 하지 마. 내가 좀 더 잘 살아볼게."

사흘에 한 번씩 엄마의 희망에 확인사살을 한다. 꿈에서라면 얼마든지 거짓말을 할 수 있을 텐데. 아까보다 조금 더 자연스러운 연기를 펼칠 수도 있을 것 같은데.

엄마의 엄마는 자꾸만 옛날
이야기를 했다.

"호랭이 나오기 전에 어여 가.
나도 인쟈 집에 갈 거여."

"아이고, 엄마! 여기가 엄마
집인데 가긴 어딜 가. 여기서
자야지."

엄마가 말리면 할머니는 하던
말을 멈추고 창문 쪽으로 고개를
돌렸다. 영등포 시내 한복판의
요양병원 창밖으로 보이는
풍경이라곤 맞은편 건물의 잿빛
외벽과 아직 불이 들어오지
않은 가로등, 어지럽게 얽혀
있는 전신줄 따위가 전부였다.
그건 도시의 건조함을 좋아하는
나에게도 삭막하게 느껴지는

장면이었다.

"가야 혀, 난중에 가면 호랭이 나와. 저번에 그이도 봤다잖여."

그런 말을 듣고 있으면 치매라는 건 젊은 시절 어떤 공포를 가지고 살았는지를 보여주는 병인 것 같았다. 싸구려 인조가죽이 벗겨져 군데군데 노란 스펀지가 드러난 보호자용 간이 의자에 앉아 생각했다. 용감한 사람이 되고 싶다고.

최고로 용감해서 무서운 게 아무것도 없는 사람이 되고 싶었다. 혹시 내가 언젠가 치매를 앓게 됐을 때 치과나 벌레, 가난, 출퇴근 시간의 만원 지하철 같은 것들에 대해 끝없이 떠들까 봐 두려웠다. 만날 때마다 똑같은 이야기를 되풀이하는 사람에게 매번 성실하게 반응해주는 것은 웬만한 애정으로는 하기 힘든 일이다. 노인이 되었을 때 그렇게 대단한 인내심을 발휘해 나를 사랑해주는 사람이 있을까? 아마도 확실히 없을 것이다. 그런 사랑은 독과점을 전제로 하는 사이에서나 가능한 법인데 나는 그런 류의 관계맺음에 무능하고 게으르니까.

요양병원의 시간은 가늘고 긴 실처럼 흘렀다. 바깥 세상의 한 시간이 그곳에서는 마치 한 세월처럼 느껴졌다. 표정 없는 얼굴로 멍하게 앉아 있는 노인들을 바라보고 있으면 덜컥 겁이 났다. 그 모습이 꼭 내게 다가올 미래 같아서. 보호자용 의자가 왜 그렇게 처참한 모습이 되었는지 알 것 같았다. 거기 앉으면 마음이 초조해져서 누구나 의자를 뜨게 되는 것이다.

아빠의 엄마는 웬만해선 입을 잘 열지 않았다.

"어머니, 뭐 필요한 건 없으세요?"

"두유 사 온 거 여기 둘까요?"

"할머니, 딸기 좀 씻어 올까요?"

그곳에서 우리는 의문문으로밖에 말할 줄 모르는

사람들이 되었다. 하지만 대답이 돌아오는 경우는 거의 없었다. 할머니는 당신이 가장 아끼는 손녀에게만 먼저 말을 붙였다. 물론 그게 나는 아니었지만. 서운한 마음보다 다행이라는 마음이 조금 더 컸다. 누군가에게 그렇게까지 소중하고 유일한 사람이 된다는 게 그때의 나는 좀 두려웠던 것 같다.

버스도 지하철도 다니지 않는 파주 구석에 위치한 요양병원에서는 도시와는 사뭇 다른 분위기가 느껴졌다. 창밖으로 잎이 무성한 나뭇가지가 흔들리고 하늘에는 솜사탕 같은 뭉게구름이 가득했지만 그런 걸 감상할 만큼 몸과 마음이 건강한 사람은 아무도 없었다. 그곳의 노인들은 조금 더 적극적으로 방치된 것처럼 보였다.

그 풍경은 보호자를 위한 서비스 같았다. 연로한 부모를 요양병원에 맡기고 집으로 일터로 발길을 돌릴 수밖에 없는 사람들을 안심시키기 위한 장치. 그래서인지 병원에는 빈 침대가 없었다. 양옆으로 6인용 병실이 쭉 늘어서 있는 복도를 걷다 보면 인간은 결국 요양병원에 가기 위해 살아가는 것 같다는 생각이 들었다.

파주의 요양병원은 내게 한층 구체적인 불안을 가르쳤다. 그건 할머니가 덮고 있는 이불 때문이었다. 할머니는 다른 사람들처럼 병원 로고가 찍혀 있는 이불을 덮지 않았다. 할머니의 침대에는 언제나 집에서 가져온 개인 이불이 있었다. 우중충한 병원 이불들 사이에서 남다른 존재감을 뽐내던 연보라색 극세사 이불. 훗날 장례식장에서 나는 할머니의 얼굴이 아니라 그 이불의 모양과 감촉을 떠올렸다.

할머니와 나는 평생 친해지지 못했다. 여러 이유가 있었지만 가장 큰 이유는 우리가 너무 비슷해서였을 거라고 뒤늦게 생각한다. 우리는 단 한 번도 마음을 열고 서로에게 다가간 적이 없었다. 그러는 방법을 몰라서. 서로를 애틋하게 여기지 못했다. 자기 자신보다 소중한 게 거의 없는 사람들이라서. 다른 사람과 무언가를 공유하는 것을 싫어하는 깍쟁이 같은 모습도, 감정 표현에 서툰 성격도 모두 할머니에게서 물려받은 것만 같다. 할머니도 가끔 내가 가여웠을까? 나와 너무 닮은 사람을 관찰할 때 내가 그렇듯이.

고요한 병실에 어색하게 앉아 창밖의 나무들을 바라보다가 다시 안쪽으로 시선을 돌리면 보이던 보라색 이불. 어쩌면 그건 세상에서 가장 힘겨운 단체 생활을 하는 동안 할머니가 마음을 기댄 유일한 개인의 영역이었을지도 모르겠다. 그런 생각을 하며 앉아 있으면 아직 상상조차 할 수 없는 아득한 미래가 나를 향해 전속력으로 달려오는 것 같았다. 불안한 마음에 주먹을 꽉 쥐었지만 아무것도 손에 잡히지 않았다. 그곳의 간의 의자는 플라스틱이라서 뜯어지지 않았다.

아직 상상조차 할 수 없는
아득한 미래가 나를 향해 전속력으로
달려오는 것 같았다.

하나, 둘, 셋, 넷, 다섯, 여섯…….

열, 아홉, 여덟, 일곱…….

오름차순과 내림차순을

번갈아가며 숫자 세기를 몇

번이나 반복했을까. 온몸에

드는 한기에 턱이 덜덜 떨리기

시작했다. 당장 일어나 온탕으로

뛰어들고 싶은 마음을 꾹 참았다.

마지막으로 딱 세 번만 더. 다시

하나, 둘, 셋…….

일요일 오후, 엄마 손에 이끌려

목욕탕에 가면 때를 밀자마자

잽싸게 냉탕으로 도망쳤다.

나는 결코 물놀이를 좋아하는

씩씩하고 활기찬 어린이는

아니었다. 냉탕에 억지로 몸을

담그고 있으면 만화에서 본

지옥의 모습은 아무래도 뺑인 것 같다는 의심이 들었다. 그 순간만큼은 펄펄 끓는 용암보다 바닥이 투명하게 들여다보이는 차갑고 푸른 물이 훨씬 무서웠다. 하지만 아무리 생각해도 감기에 걸리려면 이 방법이 최선이었다.

학교 가기 싫어.

모든 건 이 한마디로 설명됐다. 그 시절 나의 간절한 소망은 하루 빨리 어른이 되는 거였다. 어른이 되면 학교에 가지 않아도 되니까. 나는 학교마다 꼭 하나씩 있었던 월요일 아침 조회 요주의 인물이었다. 운동장에 일렬로 서서 영원히 끝나지 않을 것만 같은 교장 선생님의 훈화를 듣다가 갑자기 픽 쓰러져 주변 사람들을 놀라게 만드는 아이.

그런 일이 반복되자 엄마는 나를 목욕탕 대신 지역에서 제일 큰 종합병원으로 데려갔다. 심전도부터 MRI까지 그야말로 온갖 검사를 다 했지만 결과는 모두 정상이었다. 의사는 스트레스 때문에 나타난

일시적인 증상 같으니 너무 걱정하지 말라고 했다. 극심한 스트레스를 받거나 긴장감을 느끼면 어떻게 든 그 상황에서 벗어나기 위해 뇌가 잠시 몸의 스위 치를 내리기도 한다고. 학교는 내게 그런 곳이었다. 내가 나를 쓰러뜨려서라도 벗어나고 싶은 곳.

나는 교실 뒤쪽에 우르르 모여 말뚝박기나 학종이 따먹기를 하는 것보다 자리에서 혼자 책을 읽거나 지우개 가루를 뭉쳐 가지고 노는 걸 더 좋아했다. 그 래서인지 친구를 사귀는 일에 서툴렀다. 필사적인 노력 끝에 어찌어찌 무리에 섞이는 것까지는 성공 했지만 지내다 보면 묘하게 겉도는 느낌을 받을 때 가 많았다.

묘하게 겉돈다는 건 무엇인가. 공적인 친분을 사적 인 친분으로 확장하는 능력 혹은 의지의 부족. 중심 부와 주변부의 경계에서 내가 생각한 '겉돌다'의 정 의는 그랬다. 같은 반 친구들은 오직 학교 안에서만 친구 같았다. 교문을 벗어나는 순간부터 우리 사이에는 얇고 투명한 벽이 생겼다. 직장에서 만난 사람들과는 건조하고 담백하게 일만 하고 싶었다. 온종일 징글징글하게 부대낀 동료들과 퇴근 후까지 몰려다니며 밥을 먹고 술을 마시는 사람들이 신기했다. 사람과 사람 사이의 거리는 서로의 숨결을 느낄 수 있을 만큼 가까운 동시에 바다 건너만큼 멀 수도 있었다. 허물없이 장난을 주고받고 귓속말로 비밀을 속삭이다가도 돌아서면 금세 데면데면해졌다. 어른이 된 뒤에도 관계는 여전히 골치 아픈 숙제였다. 사람이 어려울 때면 사람으로 태어난 게 이 생에서 내가 저지른 가장 큰 실수 같았다. 어쩌면 나는 고양이나 흰수염고래의 영혼을 가진 채로 인간이 된 게 아닐까?

이런 내가 무사히 학교를 졸업하고 사회생활을 할 수 있었던 건 시절마다 꼭 하나씩 내게 다가와 손을

내밀어준 사람들 덕분이었다. 생각해보면 나를 버
티게 한 건 늘 한 사람이었다. 열 중 아홉과 맞지 않
아도 마음을 터놓고 지낼 사람 하나만 있으면 거짓
말처럼 버틸 힘이 생기곤 했다.

이제 더는 학교에 갈 일이 없는데도 마음이 불안할
때면 한 번씩 학교 꿈을 꾼다. 세상이 거대한 학교
처럼 느껴져서 어디로든 도망치고 싶을 때. 나 혼자
만 이 세계를 겉돌고 있는 것 같을 때. 그럴 때면 지
난 시절 나의 한 사람이었던 그들의 얼굴을 떠올린
다. 지긋지긋한 아홉을 견디게 해주었던 단 하나의
기쁨을. 그때 우리는 짐작했을까? 우리가 함께 통과
한 그 시간이 미래의 어떤 날에는 곱씹을 때마다 새
로운 용기가 되기도 한다는 것을. 몰라도 좋았고 몰
라서 좋았다. 어떤 미래는 아득할수록 좋았다.

긴 터널

KTX를 타고 포항에 도착한
건 오전 10시 반쯤이었다.
객실 승무원의 부축을 받아
승강장에 내린 나는 미리 나와
있던 역무원에게 인도되었다.
열차에서부터 쭉 곁에 있어 준
목소리가 앳된 승무원은 내 짐을
대신 내려주며 말했다.
"동대구에서 쓰러진 고객님인데
이제 많이 안정됐어요. 친척분이
마중 나온다고 하셨으니까
대합실까지만 동행해주세요."
40분 전, 나는 객실과 객실을
연결하는 짐칸 바닥에 정신을
잃고 쓰러져 있었다. 객실 안이
답답해 바람을 쐬러 나왔던
것까지는 기억나는데 눈을

떠 보니 여러 개의 발이 보였다. 갑작스러운 상황에 놀란 사람들이 웅성거리는 소리가 어렴풋이 들렸다. 그중 하나가 낮은 목소리로 일행에게 속삭였다.

"어떡해, 오줌 쌌나 봐……."

그제야 축축하게 젖은 바지가 느껴졌다. 쓰러지면서 온몸의 근육이 이완된 모양이었다. 창피한 마음에 어디로든 숨고 싶었지만 팔다리에 힘이 들어가지 않아 몸을 일으킬 수 없었다. 신고를 받고 달려온 승무원이 침착하게 내 상태를 살피며 혹시 간질을 앓고 있냐고 물었다. 그게 아니라 폐소공포증 때문이라고 대답하고 싶었지만 입이 떨어지지 않았다. 한참이 지나 포항역에 거의 도착했을 무렵에서야 겨우 일어나 화장실에 갈 수 있었다. 제대로 된 옷을 한 벌 더 챙기지 않은 것을 후회하며 가방에서 추리닝 바지를 꺼냈다. 열차가 곧 포항역에 도착한다는 안내방송이 나왔다.

포항 방문은 이번이 두 번째였다. 열 살 무렵 외가 친척들을 만나러 왔던 도시에 이런 꼴로 다시 오게 되다니. 세미 정장 재킷에 무릎 나온 추리닝 바지를 입고 이마에 혹이 난 채로 대합실에 서 있는 내 모습이 어이가 없어서 헛웃음이 나왔다.

역으로 마중 나온 사람은 포항에 사는 삼촌이었다. 엄마의 셋째 오빠이자 나의 막내 외삼촌인 그는 내가 포항에 온다는 소식을 듣자마자 기사 역할을 자청했다. 역에서 나를 픽업해 강연 장소인 백화점에 내려주고 강연이 끝나면 함께 점심을 먹은 뒤 (시간이 남으면 바다를 보고) 다음 일정이 있는 울산까지 데려다준다. 여기까지가 오늘의 계획이었다. 그 흔한 안부 연락 한번 하지 않던 무심한 조카라서 염치가 없었지만 그렇지 않아도 포항에서 울산까지 가는 길이 걱정이던 참이라 못 이기는 척 신세를 지기로 했다.

삼촌은 하얗게 질린 내 얼굴과 괴상한 옷차림을 보

고 조금 놀란 듯했다. 열차에서 일어난 일을 설명하다 보니 금세 백화점에 도착했다. 나는 재빨리 안으로 들어가 단정해 보이는 짙은 색 청바지를 샀다. 캐주얼 브랜드가 모여 있는 층을 샅샅이 뒤져 제일 싼 걸로 골랐지만 백화점은 백화점인지 평소에 사던 옷보다 두 배는 비쌌다.

우여곡절 끝에 강연을 무사히 마치고 삼촌을 다시 만났다. 뭐든 좋으니 빨간 국물이 먹고 싶다고 하자 삼촌은 어디론가 전화를 걸어 두 자리를 예약했다. 중년 남성의 핸드폰에 번호가 저장되어 있는 식당이라면 분명 맛집일 것이라는 확신이 들었다. 꽤 먼 거리를 달려 도착한 곳은 시 외곽의 한 아귀탕집이었다.

아침부터 내내 메스꺼웠던 속에 뜨겁고 칼칼한 국물이 들어가니 살 것 같았다. 삼촌은 귀한 부위를 먹어야 기력이 회복된다며 내 접시에 간과 위를 몽땅

덜어주고 살과 채소에만 손을 댔다. 사실 나는 생선의 내장을 먹을 줄 몰랐다. 해산물과 친하지 않은 내게 아귀의 간과 위는 너무 어려운 음식이라서 입에 넣기 전에 눈을 질끈 감아야 했다.

살과 채소를 좋아하는 나는 위와 간으로, 위와 간을 좋아하는 삼촌은 살과 채소로 배를 채웠다. 서로를 위해서였지만 알고 보면 상대방이 좋아하는 것만 쏙쏙 골라 먹은 셈이었다. 핀트가 살짝 어긋난 이 배려가 너무나도 친척스럽다는 생각이 들었다. 1년에 한두 번 만나 서로를 챙길 만큼 가깝지만 서로에 대해 거의 아무것도 제대로 알지 못할 만큼 먼 사이. 가족을 아는 것도 어려운데 가족의 가족을 알지 못하는 건 당연했다. 내 앞에 앉아 있는 사람이 엄마의 오빠라는 사실이 새삼스럽게 실감났다.

차를 타고 가는 동안 나는 계속 삼촌에게 말을 걸었다. 대화는 마치 인터뷰처럼 이어졌다. 어색한 침묵을 견디지 못하고 내가 질문을 던지면 한 박자 느리게 대답이 돌아오는 식이었다. 충청북도 옥천에서 나고 자란 사람이 경상도 사투리를 쓰는 포항 사람이 된 과정에 대해, 포항제철에서 보낸 30년 넘는 세월에 대해, 은퇴를 한 달 앞둔 심정에 대해, 삼촌이 키우는 강아지 여름이에 대해, 몸과 마음의 건강에 대해. 나는 묻고 그는 대답했다.

삼촌은 여름이와 함께 거의 매일 천변을 걷는다고 했다. 심장에 문제가 생긴 뒤로 집에 혼자 있으면 종종 공황 증상이 찾아오기 때문이었다. 하지만 그러다가도 밖으로 나가 사람들 틈에 섞이면 곧 괜찮아진다고 했다. 침묵을 피하기 위해 시답잖은 질문을 몇 개 더 던지다가 문득 운전하는 삼촌의 옆모습을 봤다. 어릴 때는 마냥 무섭기만 했던 어른이 어느 순간 안쓰럽게 느껴지기 시작할 때면 사는 게 덜컥 두려워진다. 나는 아직도 내가 덜 자란 것 같은데 삼촌도 가끔 그런 기분이 들까?

포항에서 울산으로 넘어가는 길에는 엄청나게 많은 터널을 통과했다. 그중에는 태어나 본 것 중 가장 긴 터널도 있었다. 아무리 달려도 끝이 보이지 않는 터널 안에서 계속 대답만 하던 삼촌이 처음으로 질문을 했다.

"장수의 가장 큰 적이 뭔지 아냐?"

"글쎄요. 과로? 술? 스트레스?"

"그게 아니라 외로움."

"아⋯⋯."

"외로움이 말이야, 장수의 가장 큰 적이래."

그렇구나. 적당한 대답이 떠오르지 않아 가만히 입을 다물었다. 내가 조용해지자 삼촌이 이야기를 시작했다. 늘 무뚝뚝해 보였던 그와 이렇게 길게 대화를 나누는 건 처음이었다. "남자를 만날 땐 똑똑한 놈 말고 현명한 놈을 골라야 돼, 알겠어?" 20년 전 바위틈에서 나무젓가락으로 게 잡는 방법을 알려주던 삼촌은 어느새 훌쩍 커버린 조카에게 연애 상대

고르는 비법을 전수하고, 장수의 적이 될 만큼 깊고 짙은 외로움을 아직 알지 못하는 나는 고개를 끄덕이며 창밖을 바라봤다.

포항과 울산 사이, 붉은 조명과 푸른 조명이 번갈아 빛나던 아주 긴 터널. 우리는 그곳에서 영양가 없이 싱거운 농담을 주고받으며 남은 생의 가장 젊은 순간을 허비했다. 그러다 누가 먼저랄 것도 없이 낄낄대며 웃기도 했다. 창밖의 차들은 쌩쌩 지나가는데 시간은 이상할 만큼 느리게 흘렀다. 한참을 달렸는데 아직도 터널이었다.

땅콩 껍질 같은 사랑

어느새 30대가 되었지만
출근하면 아직도 애송이 취급을
받는다. 나의 일터는 40대
중반도 새파란 청춘이 되는
곳이기 때문이다. 나는 일주일에
세 번, 금요일부터 일요일까지
대형마트로 출근해 커피를 판다.
커피를 판다고 말하면 사람들은
분위기 있는 음악이 흘러나오는
카페에서 에스프레소를
추출하고 스팀 밀크를 만드는
모습을 떠올린다. 하지만 내가
하는 일은 북새통을 이루는
주말의 마트 식품 코너 한쪽에서
지나가는 사람들을 붙잡고 커피
믹스를 영업하는 것이다.
"고객님! 지금 구매하시면

147

스무 개 더 드려요. 할인 행사에 증정 행사까지 하고 있으니 이런 기회 놓치지 마세요!"

그건 내가 좋아하는 일도, 보람이나 흥미를 느끼는 일도 아니지만 남들보다 분명하게 잘하는 일이다. 매일 때려치우고 싶다고 생각하지만 정말로 그만둘 용기는 내지 못하는 일. 밥을 먹게 해 주고 월세를 내게 해 주는 지겹고도 고마운 일.

이곳에서 일하며 얻은 몇 안 되는 좋은 것 중 하나는 언니들이다. 두부 언니, 만두 언니, 고추장 언니, 세제 언니, 면도기 언니……. 엄마와 비슷한 연배인 그들을 나는 거리낌 없이 언니라고 부른다. 환갑을 바라보는 중년 여성들과 어울리는 일은 의외로 즐겁다. 우리 사이에는 수십 년이나 되는 긴 세월이 존재하고, 그래서 어쩔 수 없이 서로가 조금씩 외계인처럼 느껴지는 순간이 찾아온다. 하지만 그건 딱히 중요한 문제가 아니다.

우리는 서로를 동료로서 좋아하지만 그 이상으로

사랑하지는 않는다. 바로 그 점이 우리 관계를 산뜻하게 유지시켜 준다. 서로를 이해하기 위해 애쓸 필요 없이 까르르 웃으며 신기해하기만 하면 되니까. 굳이 극복하지 않아도 되는 차이는 매력이 되기도 한다.

일을 하며 느끼는 언니들과 나의 가장 큰 차이는 밥이다. 나는 휴식을 위해 밥을 포기하고, 언니들은 밥을 위해 휴식을 포기한다. 내 점심 식사는 10분이면 끝난다. 삶은 달걀 두 개, 사과 하나, 커피 한 잔. 늦게 일어나 아무것도 챙겨 오지 못한 날에는 편의점에서 컵라면과 삼각김밥을 먹는다. 간단한 식사를 마치고 잠시 눈을 붙이기 위해 휴게실에 가는 길. 삼삼오오 모여 도시락을 먹던 언니들이 말을 건다.

"또 라면 먹었어? 젊다고 그렇게 대충 때우면 안 돼! 이리 와서 밥 좀 먹고 가."

언니들의 도시락을 볼 때마다 나는 매번 그들의 부

지런함에 감탄한다. 각종 채소와 고기를 굽고 찌고 볶아서 만든 반찬들, 건강 정보 프로그램에 소개된 기능성 잡곡을 섞어 지은 밥, 싱싱해 보이는 쌈채소와 과일. 커다란 테이블은 모양도 크기도 제각각인 도시락들로 북적거린다. 언니들 중 음식에 야박한 사람은 아무도 없다. 매장에서는 손님을 뺏기지 않으려고 아옹다옹하다가도 밥을 먹을 때면 미운 놈 떡 하나 더 주듯 서로를 챙긴다.

먹을 것을 나누는 일에는 어딘가 애틋한 구석이 있다. 동료들의 몫까지 넉넉하게 싸 온 음식을 나눠 먹는 언니들의 뒷모습을 보면 뭐랄까, 마음이 든든해지는 동시에 희미한 슬픔이 찾아온다. 정확히 설명할 수 없는 묘한 기분을 느끼며 나는 휴게실에 누워 까무룩 잠이 든다.

그날은 유독 일진이 사나웠다. 말끝마다 꼬투리를 잡아 시비를 거는 첫 손님을 상대하느라 아침부터 진땀을 뺐는데 마가 단단히 꼈는지 그 뒤로도 계속 진상 손님만 들이닥쳤다. 말도 안 되는 요구를 하며 생떼를 부리는 사람들을 어르고 달래느라 속이 부글부글 끓었다. 점심때가 되니 맥이 탁 풀려 배도 고프지 않았다. 조용히 매장을 빠져나와 주차장 뒤 벤치에서 커피를 마시고 있는데 핸드폰 진동이 울렸다. 옆자리 간장 언니였다.

"자기야, 우리 밥 먹는 자리 알지? 일단 와, 빨리 와!"

무슨 일인지 묻기도 전에 전화가 끊겼다. 반나절 내내 사람에게 시달렸으니 점심시간만이라도 조용히 있고 싶었는데……. 귀찮은 마음에 혼자 툴툴거리며 발걸음을 옮겼다.

언니들과 함께 나를 기다리고 있는 건 커다란 통에 담긴 오곡밥이었다. 간장 언니는 도시락 뚜껑에 밥과 나물을 덜어주며 말했다.

"이거 먹이려고 불렀지. 요즘 애들은 정월 대보름

같은 거 안 챙기지? 첫 보름엔 오곡밥에 나물을 먹어야 나쁜 기운이 도망가는 거야. 먹기 싫어도 조금만 먹어, 진상 안 붙게."

나는 얼떨떨한 기분으로 젓가락을 받아 들었다. 방금 전까지만 해도 입맛이 없었는데 담백한 오곡밥에 고소하고 짭조름한 고사리볶음을 얹어 한입 먹자마자 참을 수 없이 허기가 밀려왔다. 매번 음식을 권할 때마다 머쓱하게 웃으며 자리를 뜨더니 막상 앉혀놓으니 제일 잘 먹는다며 언니들은 깔깔 웃었다. 언니들을 따라 웃다 보니 형편없이 구겨졌던 마음이 반듯하게 펴지는 것 같았다.

밥을 다 먹자 만두 언니가 가방에서 땅콩을 꺼냈다. 우리는 그걸 하나씩 깨물며 새로운 한 해의 안녕을 빌었다. 몸에도 마음에도 부스럼 나지 않기를, 좋은 손님만 만나기를, 우리의 밥벌이가 우리를 해치지 않기를. 언니들 틈에 섞여 열심히 땅콩을 까먹는 동안에도 나는 예의 그 희미한 슬픔을 느꼈다. 뒤에서 볼 때는 몰랐는데 앞에서 보니 그건 사랑이었다. 사랑인 줄 모르고 사랑하는 것들이 세상에는 얼마나 많을까. 바짓단에 붙은 땅콩 껍질처럼 한참이 지나고 나서야 발견하게 되는 마음이.

요즘 우리는 투명한 칸막이가 설치된 식당에 한 자리씩 엇갈려 앉아 점심을 먹는다. 복도까지 쩌렁쩌렁하게 울려 퍼지던 만두 언니의 목소리도, 고추장 언니의 호탕한 웃음소리도 들리지 않는 식당은 여전히 북적거리는데도 텅 비어 있는 것 같다. 조용한 분위기가 어색해 주위를 둘러보면 모두 고개를 숙인 채 핸드폰만 들여다보고 있다. 그 모습을 바라보며 나는 시끄럽고 정신없고 배불렀던 점심시간을 떠올린다.

그때 먹은 오곡밥과 땅콩은 어떤 액운을 막아주었을까? 어쩌면 그것들 덕분에 우리가 아직 무사한 걸지도 모르겠다고 생각하며 썰렁한 식당을 나선다.

테이블 위에 수북하게 쌓여 있던 빈 도시락과 땅콩 껍질. 그리운 것들은 이렇게나 사소하다.

그때 우리는 짐작했을까?

우리가 함께 통과한 그 시간이 미래의

어떤 날에는 곱씹을 때마다 새로운

용기가 되기도 한다는 것을.

연
막
탄

'그 느낌'은 예고 없이 불쑥불쑥
찾아왔다. 가족들과 식탁에
둘러앉아 된장찌개 속 두부를
건져 먹다가, 거실에 누워 주말
드라마를 보다가, 신발장 앞에서
허리를 숙인 채 운동화 끈을
묶다가. 익숙한 느낌이 들어
돌아보면 거기에는 어김없이
그들이 있었다. 그들의 등장은
습격 같았다. 때와 장소를 가리지
않았다.

하지만 그건 습격이라고
말하기엔 어딘가 점잖은 면이
있었다. 그들은 단 한 번도
물리적인 위협을 가하지
않았다. 원하는 걸 내놓으라고
협박하지도, 집안의 물건을 때려

부수며 난동을 부리지도 않았다. 그런 식의 공격은 하수들이나 하는 거였다.

그들은 다만 거기 있었다.

그저 자기 자신으로 존재하는 것만으로도 누군가를 겁에 질리게 만들 수 있다는 게 무섭고 부럽고 얄미웠다. 나의 존재는 내가 아는 그 어떤 사람에게도 위협이 되지 못했다. 그 시절의 나는 교실 창가의 금전수 화분처럼 무해하고 무력한 여자애였고, 그 사실을 자각할 때마다 몸이 반쯤 투명해지는 기분이 들었다.

어디선가 슬그머니 나타나 시선이 닿는 순간 잽싸게 사라지는 다갈색 벌레들. 약이란 약은 다 써 봤지만 4억 5천만 년의 유구한 역사를 자랑하는 그들은 언제나 우리보다 강했다. 보다 못한 아빠는 약국에서 비장의 무기를 사 왔다. 묵직해 보이는 까만 비닐봉지에서 나온 건 연막탄이었다.

"이것만 있으면 확실하게 씨를 말릴 수 있어."

아빠가 포장지에 적혀 있는 사용법을 읽으며 자신
만만하게 말했다. 그는 웬만해선 무언가를 장담하
는 법이 없는 사람이었기에 그 말을 굳게 믿었다. 우
리는 일요일에 연막탄을 터뜨리기로 했다.

일요일이 되자 모두가 분주했다. 엄마는 아침 일찍
일어나 도시락을 싸고 돗자리를 챙겼다. 그러는 동
안 아빠는 화분들을 밖으로 내놓고 열대어 어항을
윗집에 맡겼다. 독한 연기에 질식해 죽지 않으려면
식물도 물고기도 사람도 한나절은 집을 비워야 했
다. 모든 준비가 끝나자 아빠가 연막탄에 불을 붙였
다. 온 집 안이 금세 연기로 자욱해졌다.
바퀴벌레들이 연기 속에서 죽어가는 동안 우리는
차를 타고 호수공원에 갔다. 주말의 공원은 바람을
쐬러 나온 사람들로 북적거렸다. 깊고 푸른 물속을
헤엄치는 잉어떼를 구경하고 산책로를 걷다 보니
어느새 점심때가 됐다. 잔디밭에 돗자리를 깔고 앉

아 김밥과 과일을 먹으며 지나가는 사람들의 집을 상상했다. 바퀴벌레를 죽이기 위해 연막탄을 피워 놓고 공원으로 피신한 사람이 우리 말고도 또 있을지 궁금했다.

조금 더 놀다가 이른 저녁으로 부대찌개를 먹고 집에 돌아왔다. 복도에 들어서는 순간부터 코가 매워 숨을 참고 문을 열었다. 하지만 나는 곧 입을 떡 벌린 채 그 자리에 그대로 얼어붙고 말았다.

셀 수 없이 많은 바퀴벌레 시체가 바닥에 잔뜩 널브러져 있었다.

그것들은 너무도 온전한 형태라서 죽은 게 아니라 꼭 잠든 것 같았다. 엄마와 아빠는 빗자루를 들고 죽은 벌레들을 쓸어 모았다. 거실 한쪽에 작은 산을 이루며 쌓여 있는 벌레들을 보니 아까 먹었던 부대찌개 속 강낭콩 통조림이 떠오르며 속이 울렁거렸다. 매캐한 냄새는 한참이 지나도 빠지지 않았다. 그날 밤에는 모든 창문을 활짝 열어놓고 잤다.

그렇게 한바탕 전쟁을 치르고 나면 한동안은 바퀴벌레가 보이지 않았다. 하지만 계절이 바뀔 무렵이면 그들은 약속이라도 한 듯 어김없이 되돌아왔다. 아빠는 다시 약국에 가서 연막탄을 사 왔고, 덕분인지 때문인지 우리는 사느라 바쁜 와중에도 계절마다 꼭 한 번씩은 함께 나들이를 떠났다.

시 외곽의 작은 놀이동산에서 바이킹을 타면서, 연안부두 수산시장에서 우럭회와 서더리탕을 먹으면서, 수목원 그늘에 돗자리를 깔고 누워 구름이 지나가는 모습을 바라보면서. 나는 분명 웃고 있었지만 마음속 깊은 곳까지 진심으로 즐겁지는 못했다. 이토록 완벽한 하루의 끝에 나를 기다리고 있는 것이 산더미 같은 바퀴벌레 시체와 내일까지도 사라지지 않을 맵고 쓴 냄새라는 사실이 좀처럼 익숙해지지 않았다.

생각해보면 막상 집에 돌아가 죽은 벌레를 치우던 장면은 잘 기억나지 않는다. 그 장면보다 또렷하게

기억나는 건 즐겁게 놀다가도 저녁의 일을 걱정하
느라 자꾸만 시무룩해지던 내 모습이다. 걱정은 꼭
솜사탕 같았다. 후 불면 날아갈 만큼 가벼운 것도 계
속 손에 쥐고 있으면 끈적하게 녹아 여기저기 들러
붙었다. 가장 행복한 순간 다음에 올 불행을 상상하
는 버릇은 그때부터 시작됐다.

만약 내가 눈앞의 행복에 온전히 집중하는 사람이
었다면 연막탄에 대한 내 기억은 지금과는 사뭇 달
랐을 것이다. 죽은 벌레를 마주할 것을 걱정하던 마
음보다 가족들과 함께 놀이공원에서 보낸 즐거운
시간을, 복작복작한 분위기 속에서 먹었던 우럭회
의 맛을 훨씬 더 선명하게 기억했겠지. 내가 내 손으
로 밀어낸 행복의 순간은 이것 말고도 아주 많다.
나는 자꾸만 불행을 기다리는 사람이 된다. 지금 이
행복이 사라진 뒤에 느낄 허탈함과 상실감이 두려
워 아직 오지 않은 미래에서 부지런히 불행을 빌려

온다. 그게 털끝만큼도 다치고 싶지 않은 마음에서 나오는 방어기제라는 것을 잘 알면서도.

어쩌면 행복과 용기는 같은 말일지도 모른다. 언젠가 끝날 걸 알면서도 찰나의 기쁨에 최선을 다할 용기, 계산 없이 기대하고 실망할 용기, 아플 용기, 다칠 용기, 외로울 용기. 의심 많은 겁쟁이는 결코 알지 못할 순수한 행복이 궁금해 그런 용기를 열심히 흉내 내 본다. 매번 실패하지만 그래도 한 번 더.

인절미를 녹이는 시간

아빠가 인절미를 사 왔다. 이웃
동네 떡집의 대표 상품인데
입소문을 타고 유명해지면서
구하기 어려워진 귀한 떡이다.
탄수화물의 힘으로 작동하는
인간인 나는 인절미 상자를
발견하자마자 신이 났다.
인절미는 백설기와 함께 내가
가장 좋아하는 떡이기 때문이다.
게다가 이 떡집의 인절미에는
백앙금이 듬뿍 들어 있다.
고소한 콩가루와 말랑하면서도
쫀득한 떡, 달콤한 앙금의
조화는 환상적이다. 그걸 한입에
넣고 천천히 씹는 순간만큼은
인간으로 태어나길 잘했다는
생각이 든다.

질릴 때까지 실컷 먹어도 인절미는 아직 많다. 거실 바닥에 마트 전단지를 펼쳐놓고 그 위에서 남은 인절미를 소분한다. 상자 바닥에 소복하게 쌓인 콩고물도 버리지 않고 숟가락으로 알뜰살뜰 긁어모은다. 이렇게 챙겨둔 콩고물은 밥에도 뿌려 먹고 고기에도 찍어 먹는다. 서너 개씩 소분한 인절미를 냉동실 한 칸 가득 채워놓으면 부자가 된 것 같다. 나는 즉석으로 지어낸 '인절미 노래'를 흥얼거리며 콩고물이 떨어진 바닥을 닦는다.

냉동 보관한 인절미는 실온에서 두 시간 정도 자연 해동하는 게 가장 맛있다. 얼른 먹고 싶은 마음에 전자레인지에 돌려 버리면 녹은 치즈처럼 흐물흐물해져서 이게 떡인지 죽인지 알 수 없는 상태가 되어버린다. 하지만 인절미를 먹고 싶은 마음은 절대로 두 시간 전에 찾아오지 않는다. 인절미를 먹고 싶은 마음은 인절미를 먹고 싶은 바로 그 순간에 찾아온다.

'인절미! 인절미 먹고 싶어!!!'

빨래를 널다가 마음의 외침이 들리면 얼른 냉동실 문을 연다. 꽁꽁 언 인절미는 아주 차갑고 딱딱해서 시베리아 벌판에서 주워 온 돌멩이 같다. 두 시간만 지나면 녹을 거야. 조금만 기다리자. 나는 의젓하게 마음을 달랜다. 그러나 내 마음은 참을성이 없다.

두 시간 동안 열두 번도 넘게 인절미를 찔러본다. 그건 열두 번도 넘는 아직을 견디는 일이다. 아직인가? 아직이네. 조금 딱딱하지만 이 정도면 먹어도 되지 않을까? 아니, 아직 아니야. 지금까지 기다린게 아까우니까 조금만 더 참자. 인절미 생각에서 벗어나기 위해 텔레비전에 쌓인 먼지를 닦고 신발장을 정리한다. 그러다 다시 한번 인절미를 찔러 보고 역시 아직 아니군, 돌아서서 화분에 물을 준다.

기나긴 기다림의 시간이 끝나면 아끼는 접시를 꺼내고 찻물을 끓인다. 말끔해진 집에서 물기를 머금은 싱싱한 식물들을 바라보며 인절미를 먹는다. 냉동실에 들어갔다 나온 떡이라고 믿을 수 없을 만큼 부드럽고 맛있다.

영원히 녹지 않을 것처럼 차갑고 딱딱하던 인절미도 시간이 지나면 결국 말랑해진다. 떡이 되든 죽이 되든 전자레인지에 돌려버리지 않고 참을 수 있는 건 그 사실을 확실히 알기 때문이다. 인절미가 녹기를 기다리며 이런저런 잡일을 하는 시간. 아무 의미도 없어 보이는 시간을 통과하는 동안 내 안에는 희미한 믿음이 생긴다. 조급한 마음을 달래며 몇 번의 아직을 견디고 나면 바라던 기쁨을 만나게 될 거라는 믿음.

나는 인절미 말고도 아주 많은 것들을 기다린다. 인절미와는 비교할 수도 없을 만큼 중요한 것을 기다리는 순간에는 더 큰 조급함을 느낀다. 하지만 그 기다림 역시 언젠가는 끝날 것을 안다. 오늘의 자질구레한 일들을 처리하며 내일의 기쁨을 이백 번쯤 찔러 보는 사이에. 어떤 기다림은 영원히 끝나지 않을지도 모른다. 그래도 괜찮다. 무언가를 기다리며 조급함을 다스리는 동안 내 마음은 조금씩 건강해진다. 인절미가 녹듯 서서히.

하지만 그 기다림 역시 언젠가는 끝난다는 걸 안다. 오늘의 자질구레한 일들을 처리하며 내일의 기쁨을 이백 번쯤 찔러보는 사이에.

Chapter 3

부족해서 좋고
넘쳐서 좋은

적당히의 감각

어른이 되었지만 치과는 여전히
무섭다. 엘리베이터 문이 열리는
순간부터 진동하는 약품 냄새,
기분 나쁘게 푹신한 대기실
소파의 감촉, 위이이이잉 소름
끼치게 울려 퍼지는 기구 소리,
심장을 쪼그라들게 만드는
치료비. 나이를 먹으면 아무렇지
않을 줄 알았던 일들이 아직도
큰일 같고 별일 같을 때면 왠지
억울한 마음이 든다. 이번에도
보기 좋게 삶에 속은 것 같아서.
억울한 일은 또 있다. 식사
후마다 양치질은 물론이고
치실까지 꼬박꼬박 사용하는데
치과에만 가면 늘 양치가 제대로
되지 않았다는 잔소리를 듣는다.

그럴 때마다 나는 "치열이 고르지 못해서……." 기어들어가는 목소리로 궁색한 변명을 늘어놓는다.

몇 달 전에는 잇몸이 붓고 피가 나서 잔뜩 겁먹은 채로 치과를 찾았다. 의사는 늘 그랬듯 양치질의 중요성을 강조하더니 갈고리 모양의 기구를 들고 가까이 다가왔다. 그러고는 바늘처럼 뾰족한 끝부분으로 잇몸 깊숙한 곳에 생긴 염증을 긁어내기 시작했다. 어찌나 세게 긁는지 눈물이 핑 돌 정도로 아픈 건 둘째 치고 이러다 이가 뽑히는 건 아닐까 걱정하며 공포에 떨어야 했다. 치료가 끝난 뒤 손바닥을 펼쳐 보니 여러 개의 손톱자국이 선명하게 찍혀 있었다.

지옥을 맛보고 돌아온 나는 그날 이후 양치질에 집착하기 시작했다. 하루에 다섯 번은 기본, 많을 때는 일곱 번씩 이를 닦았다. 양치 도구도 화려해졌다. 일반모 칫솔, 미세모 칫솔, 치간 칫솔, 굵기가 다른 치실 두 종류, 혀 클리너, 구강 청결제. 심지어 양치가 잘 됐는지 확인하기 위해 치과에서 쓰는 치경까지

구입했다. 이 정도면 의사가 입속을 아무리 자세히 들여다봐도 부끄럽지 않겠지! 다음번에는 잔소리를 듣지 않을 자신이 있었다.

그리고 다시 찾아온 정기 검진. 지난번과 다르게 당당한 발걸음으로 치과에 갔다. 그동안의 노력이 드디어 빛을 보는구나. 어쩌면 이번에는 칭찬을 받을 수도 있지 않을까 내심 기대하며 의자에 누웠다. 그러나 돌아온 건 칭찬도 잔소리도 아니었다.

"왼쪽 아래, 여기 두 번째 어금니 쪽 보이시죠?"

"네."

"잇몸이 닳아서 뿌리 부분이 살짝 드러났어요."

"네? 왜요?"

"이런 걸 치경부마모증이라고 하는데요, 보통은 딱딱하고 질긴 음식을 많이 먹거나 칫솔질을 잘못해서 생겨요. 혹시 이갈이는 안 하시죠? 그것도 원인이 될 수 있거든요."

"네, 한동안 양치질을 열심히 하긴 했어요. 올 때마다 양치가 잘 안 됐다고 해서……."

"무조건 열심히 한다고 좋은 게 아니라 바르게 해야 잇몸이 상하지 않아요. 칫솔을 이렇게 잡고 위에서 아래로 쓸어내리듯이. 너무 세게 닦지 말고 적당히 힘을 주는 게 중요해요."

결국 뿌리가 드러난 부분을 레진으로 때우는 치료를 받았다. 잇몸 치료를 받을 때처럼 아프거나 힘들지는 않았지만 겨우 새끼손톱의 반의반 정도 될까 말까 하는 좁은 면적을 때우는 데 무려 7만 원이라는 거금을 썼다. 양치질을 너무 열심히 해서 잇몸이 닳아버렸다니. 허탈한 마음으로 치과를 나섰다.

나는 적당히의 감각이 떨어지는 편이다. 부족하지도 넘치지도 않게 딱 알맞은 상태. 그 중간 지점에 도달하는 일이 자주 어렵게 느껴진다. 스파게티 면을 삶을 때면 늘 양 조절에 실패한다. 봉지 뒤쪽에

친절하게 1인분을 알려주는 동그라미가 그려져 있지만 건조된 면을 그 안에 맞춰 보면 터무니없이 적어 보인다. 이게 1인분이라고? 말도 안 돼, 두 번 먹으면 없겠다. 한 줌만 더, 아쉬우니까 몇 가닥만 더……. 그러다 보면 결국 산더미처럼 불어난 면이 냄비에서 쏟아져 나온다.

아끼던 스투키는 물을 너무 많이 줘서 무름병에 걸렸고, 향신료로 쓰려고 키우던 로즈마리는 몇 번 먹기도 전에 잎이 바싹 말라버렸다. 월초마다 짜는 가계부 예산은 너무 적게 잡고, 약속 장소까지 가는 시간은 실제보다 훨씬 넉넉하게 계산해 한 시간씩 빨리 도착하곤 한다. 평소에는 운동과 담을 쌓고 살다가 한번 발동이 걸리면 무작정 공원으로 뛰쳐나가 무리해서 달리기를 한다. 그러고 나면 그날 저녁에는 어김없이 앓아눕는다.

적당히가 가장 어려워지는 건 친해지고 싶은 사람이 생겼을 때다. 인사할 때는 가볍게 고개를 숙여야

할까, 손을 흔들어야 할까. "네" 사이에 몇 번의 "응"을 섞어야 자연스럽게 친근감을 표현할 수 있을까. 어디까지 다가가고 어디서부터 물러서야 할지 도무지 감이 잡히지 않는다. 다른 사람들도 이런 걸 하나하나 고민하며 친구를 사귈까? 모두가 가지고 있는 적당히의 감각이 나에게만 없는 것 같다.

아주 먼 미래에는 나 같은 사람들을 위한 '적당히 레이더'가 개발될지도 모른다. 얇은 밴드 형태의 제품을 손목에 착용하고 스마트폰과 연동시킨다. 적당함의 기준을 알 수 없어 곤란한 상황에서 작동 버튼을 누르면 밴드 중앙에 있는 램프에 불이 들어온다. 부족하면 노란색, 과하면 빨간색, 적당하면 초록색. 그러면 잇몸이 닳는 일도, 불쌍한 식물을 죽이는 일도 없겠지. 사람을 사귀는 일도 지금보다 훨씬 수월해질 것이다. 명색이 적당히 레이더니 적당히 쓰다 처분하고 싶은 고객들을 위한 단기 렌탈 서비스를 제공할지도 모른다.

하지만 정말로 그런 게 생긴다면 과연 기쁘게 받아들일 수 있을까. 부족함도 넘침도 없이 모든 게 적당한 삶. 아무도 아무것도 평균 밖으로 벗어나지 않는 세상. 그런 상상을 하면 왠지 쓸쓸해진다. 때로는 곤란한 일을 겪기도 하지만 지금의 삶에는 부족하고 넘쳐서 생기는 뜻밖의 기쁨이 있다. 너무 많이 삶아버린 물만두를 처리하기 위해 가족들을 꼬드기며 시작되는 한밤의 만두 파티. 온갖 시행착오를 겪으며 오랜 시간 동안 천천히 가까워진 친구들과 처음의 어색했던 시절을 떠올리며 한바탕 웃는 시간.

어쩌면 결핍과 과잉은 그렇게까지 치명적인 문제가 아닐지도 모른다. 건기와 우기처럼 자연스러운 삶의 흐름일지도. 부족한 걸 빌리고 넘치는 걸 나누며 나는 생각보다 자주 즐거웠던 것 같다. 그런 기쁨이 있어 적당하지 못한 나도 적당히 살아간다. 치과에 가는 걸 무서워하는 보통 사람으로.

손끝과 발끝의 거리

요가를 시작했다. 젊음에 대한 자만에 술 담배를 하지 않는다는 핑계를 더해 평생 운동과는 담을 쌓고 살아왔지만 어느 순간 계속 이렇게 살다가는 큰일이 날 것 같다는 무서운 예감이 들었다. 오르막길을 걸으며 통화만 해도 헉헉 숨이 차고 아홉 시간을 꽉 채워 자고 일어나도 피곤했다. 무엇보다 허리가 아파서 예전처럼 책상 앞에 오래 앉아 있을 수 없었다.

글은 몸으로 쓰는 것이라는 말에 뒤늦게 동의하며 요가 수업을 알아봤다. 요일과 시간을 모두 맞추다 보니 '파워 요가'라는 심상치 않은 기운이 느껴지는 수업을 듣게 되었다. 왕초보 요가도 벅찬 몸으로 겁도 없이 파워 요가라니…….

솔직히 말하면 그때 나는 요가라는 운동을 은근히 얕보고 있었다. 흠, 요가라. 좋다는 말은 익히 들었지만 그게 정말 운동이 될까? 그냥 매트 위에서 하는 스트레칭 같은 거잖아. 운동이라기보다 정신 수양에 가깝지 않을까.

그리고 대망의 첫 수업날. 설레는 마음에 서둘러 집을 나섰더니 20분이나 일찍 도착하고 말았다. 강의실 앞 소파에 어색하게 앉아 앞 타임 수업이 끝나기를 기다렸다. 살짝 열린 문틈으로 에너지 넘치는 선생님의 목소리가 흘러나왔다.

"다리 들어야죠, 다리! 네, 좋아요. 다 왔습니다. 조금만 더. 더더더더!"

"여러분! 벌써 무너지면 안 돼요. 버티세요! 집중하면 할 수 있어요. 자, 더더더!"

끝없이 울려 퍼지는 더더더 소리에 슬그머니 불안한 마음이 들기 시작했을 무렵 문이 열렸다. 곧 땀에 흠뻑 젖은 한 무리의 수강생들이 강의실 밖으로 우르르 쏟아져 나왔다. 한겨울인데도 모두 반팔에 민소매 차림이었다. 후끈한 열기가 느껴지는 강의실에 들어선 순간 나는 본능적으로 직감했다.

아, 망했다.

첫 수업은 참회의 시간이었다. 나 같은 운동 무지렁이에게 요가는 힐링도 정신 수양도 아닌 인간의 한계에 도전하는 극기 훈련이었다. 선생님은 자꾸만 인간의 몸으로는 불가능한 동작들을 선보이며 그걸 우리에게 그대로 따라 하게 했다. 하늘을 향해 뻗은 다리가 부들부들 떨렸다. 배가 너무 당겨서 숨 쉬는 방법을 까먹을 지경이었다. 두 다리를 90도로 들어 올리고도 흔들림 없이 우아한 목소리로 숫자를 세는 선생님이 요가의 신처럼(악마처럼) 보였다. 나는 정말 몰랐다. 고작 가로 62센티미터, 세로 1.8미터 짜리 매트 위에서 걷거나 뛰지 않고도 땀을 한 바가지 흘릴 수 있다는 사실을.

맨 끝에서 독보적인 뻣뻣함을 뽐내고 있는 내게 요가의 신이 천천히 다가왔다. 발끝에 손이 닿지 않아 낑낑대는 내 등에 신의(악마의) 손길이 닿은 순간 요가라는 운동을 얕잡아 본 것을 뼈저리게 후회해야 했다. 죄송합니다, 잘못했습니다. 다시는 요가를 무시하지 않겠습니다아악!!! 거침없는 손길로 내 등을 꾹꾹 누르던 선생님은 물었다.

"회원님, 혹시 무슨 일 하세요?"

"글, 크흡, 글 써요……."

"그래서 몸이 이렇게 굳어 있구나. 글만 쓰지 말고 몸도 쓰셔야 돼요."

첫 수업 이후 나는 파워 요가반의 집중 관리 대상이

되어 신의 은총을 듬뿍 받았다. 뒤처지는 수강생을 방치하지 않는 나의 훌륭한 요가 스승은 맨 끝 구석 자리에 숨어 있는 나를 친히 앞으로 끌어내 수업 중간중간 자세를 교정해주었다. 허벅지 뒤쪽 근육이 너무 당길 때는 무릎을 살짝 구부리면 동작을 잘 따라 하는 척할 수 있었다. 그러나 선생님은 그런 꼼수를 금방 알아차렸다.

"무작정 옆 사람을 흉내 내려고만 하면 건강한 자극을 받을 수 없어요. 무릎을 굽혀서라도 발끝에 손을 대려고 하지 말고, 손이 닿지 않더라도 최대한 무릎을 반듯하게 펴는 게 중요해요. 중요한 건 내 몸이에요. 내 동작에만 집중하세요."

한 시간짜리 수업을 듣고 나면 온몸 구석구석이 뻐근했다. 다음 날이 되면 흠씬 두들겨 맞은 것처럼 삭신이 쑤셔서 재채기만 해도 죽을 것 같았다. 요가가 아니라 복싱을 배우는 기분이었다. 하지만 고통과 함께 묘한 뿌듯함이 찾아오기도 했다. 팔, 다리,

몸통, 머리가 전부인 줄 알았던 내 몸에 경추와 고관절, 햄스트링과 견갑골이 있다는 사실이 새삼 신기했다. 내가 이토록 복잡하고 구체적인 생물이었다니! 나도 몰랐던 내 몸 구석구석을 감각하는 일이 조금씩 재미있게 느껴지기 시작했다.

한 달 과정이 끝나갈 무렵이 되니 드디어 무릎을 구부리지 않고도 발끝에 손이 닿았다. 지금보다 유연한 몸을 가지고 있었던 어린 시절에도 해내지 못한 일이었다. 그게 너무 기뻐서 사람들을 만날 때마다 자랑했다. 그들은 지금까지 그 쉬운 일이 불가능했다는 사실에 더 크게 놀라며 나보다 훨씬 뛰어난 유연성을 몸소 보여주었다. 하지만 그렇다고 해서 나의 기쁨이 작아지지는 않았다.

나는 뒤늦게 깨달았다. 선생님이 내게 가르쳐준 건 오직 요가만이 아니었다는 사실을. 다른 사람과 나를 비교하지 않는 마음. 실패에 실패를 거듭해도 조급해하지 않고 나의 속도를 지키는 의연한 태도. 수십 명의 요가 고수들 틈에서 홀로 끙끙대며 파워 요가 수업을 듣는 동안 나는 그런 것들을 배웠나 보다. 몸은 거짓말을 하지 않는다. 적어도 아직까지는 그렇다. 며칠 운동을 쉬면 손끝과 발끝의 거리는 딱 그만큼 멀어진다. 그러다 다시 땀을 흘리며 몸을 움직이면 차츰차츰 가까워진다. 여기에는 그 어떤 꼼수도 편법도 없다. 내가 살아가는 이 세계는 온갖 치트 키가 난무하는 게임 같지만 그럼에도 그걸 절대 허용하지 않는 단 하나의 영역이 있다는 사실이 위로가 된다. 그 정직함이 좋아서 매번 죽는소리를 하면서도 파워 요가 수업을 들으러 간다. 오늘은 간신히 발끝에 손이 닿는다.

어쩌면 결핍과 과잉은 그렇게까지 치명적인
문제가 아닐지도 모른다. 건기와 우기처럼
자연스러운 삶의 흐름일지도. 부족한 걸
빌리고 넘치는 걸 나누며 나는 생각보다
자주 즐거웠던 것 같다.

샤브샤브 친구의 조건

공상이 취미고 망상이 특기인
나는 깨어 있는 시간의 대부분을
쓸데없는 상상을 하며 보낸다.
만약 다음 생에 고양이로 다시
태어난다면? 어느 날 갑자기
존재하는 줄도 몰랐던 쌍둥이
언니를 만나게 된다면? 돈을
받고 수명을 팔 수 있다면?
절대로 일어나지 않을 일을
상상하며 사서 고민하는 것은
인생을 살아가는 데 아무런
도움도 되지 않지만 재미있다.
마트 식품코너에서 일하는
요즘은 장을 보는 사람들을
구경하며 이런 상상을 자주 한다.
죽는 날까지 평생 딱 한 가지
음식만 먹을 수 있다면?

김치찌개, 된장찌개, 떡볶이, 돌솥밥, 쌀국수, 김밥…… 후보는 그때그때 조금씩 달라지지만 결국 마지막까지 남는 메뉴는 늘 똑같다. 샤브샤브. 만약 그런 일이 일어난다면 나는 틀림없이 샤브샤브를 선택할 것이다.

우리 가족은 샤브샤브를 즐겨 먹는다. 샤브샤브는 식탁 위의 비둘기다. 극단적 육식파 아빠와 중도 육식파 동생, 골고루파 엄마, 급진적 국물주의자인 나까지 넷 중 어느 누구도 배척하지 않는 평화의 상징이기 때문이다. 샤브샤브는 기본적으로 너그러운 음식이다. 고기든 해물이든 채소든 일단 넣고 끓이면 웬만해선 다 맛있어진다. 맑은 국물로도, 빨간 국물로도 먹을 수 있다. 원한다면 처음에는 맑은 국물로 담백하게 먹다가 슬슬 자극적인 맛이 그리워질 때쯤 양념을 풀어 얼큰하게 먹어도 된다. 면을 넣어 칼국수로, 식은 밥을 넣어 죽 또는 볶음밥으로. 구렁이 담 넘어가듯 슬그머니 다른 메뉴로 변신시킬 수

도 있다. 심지어 만드는 방법도 간단하다. 재료를 손
질하고 육수만 준비하면 완성. 들인 노력에 비해 결
과물이 화려해서 손님맞이 음식으로도 딱이다. 오
목한 냄비에 사이좋게 몸을 담근 재료들이 보글보
글 끓고 있는 모습을 상상하면 마음이 흐뭇해지면
서 저절로 군침이 돈다.

하지만 샤브샤브에 대한 나의 크고 깊은 사랑을 아
는 사람은 많지 않다. 나는 오히려 조심한다. 내가
그 음식을 좋아한다는 사실을 아무에게나 들키지
않도록. 왜냐하면 내게 샤브샤브란 신뢰의 음식이
기 때문이다. 샤브샤브의 맛을 결정하는 중요한 요
소 중 하나는 그걸 함께 먹는 사람들이다. 아무리 훌
륭한 샤브샤브라도 불편한 사람들 틈에 섞여 억지
로 먹는다면 최악의 맛으로 기억될 확률이 높다. 샤
브샤브를 먹는다는 건 긴 시간 식탁 앞에 둘러앉아
하나의 냄비를 함께 완성해나가는 것. 그래서 아무
하고나 먹을 수 없다. 내가 생각하는 샤브샤브 친구

의 조건은 세 가지다.

하나, 훈수 두지 않는 사람. 나는 정말이지 음식에 대한 훈수가 싫다. 맛있게 잘 먹고 있는데 누군가 불쑥 끼어들어 "에~ 샤브샤브 먹을 줄 모르네. 채소는 숨만 죽으면 바로 건져 먹어야지!" 하고 오지랖을 부리면 그대로 집에 돌아가 육개장 사발면이나 먹고 싶어진다. 이런 사람과의 식사 자리에서는 개인적 기호를 최대한 숨길 수 있는 메뉴를 고르는 게 안전하다. 샤브샤브는 재료를 넣는 순서와 채소의 익힘 정도, 곁들이는 소스 등 참견과 간섭의 여지가 무궁무진한 음식이기 때문에 고위험군에 속한다. 생선회(초장을 찍다니! 회 먹을 줄 모르네~)나 순댓국(내장을 안 먹다니! 순댓국 먹을 줄 모르네~) 역시 마찬가지다.

둘, 남의 입도 입인 사람. 샤브샤브는 한정된 자원을 공유하는 음식이다. 초밥이나 햄버거처럼 각자의 몫이 정해져 있는 음식을 먹을 때보다 세심한 배려가 필요하다. 내 입에 맛있는 건 남의 입에도 맛있다. 좋은 건 무조건 자기 입으로 가져가고 보는 사람은 샤브샤브 친구로 실격이다. "우리 엄마는 생선 머리를 좋아해." 같은 소리를 하는 사람을 만나면 재빨리 도망치자.

그러나 가장 중요한 건 바로 이것이다. 셋, 앞접시를 사용하는 사람. 흐물흐물하게 푹 익은 채소를 좋아하는 내 취향을 무시하는 사람도 참을 수 있고, 한 번에 고기를 다섯 점씩 건져 먹는 사람도 그래 뭐…… 그럴 수 있다. 하지만 함께 쓰는 냄비에 침 묻은 숟가락을 집어넣는 사람은 도저히 용서할 수 없다. 도대체 왜! 왜 앞접시를 쓰지 않는 거냐고!!! 평소 남에게 싫은 소리를 하지 못하는 성격이지만 이 순간만큼은 예외다. 나는 급진적 국물주의자의 자존심을 걸고 국물을 앞접시에 덜어 먹을 것을 강력하게 요청한다. 그 말에 불쾌한 기색을 보이거나

서운한 티를 내는 사람을 종종 만난다. 다들 이렇게 먹는데 너만 유난이라는 핀잔은 셀 수 없이 많이 들었다. 그러다 마침내 결심하게 되었다. 너와 침을 섞기 싫다고 말해도 나를 미워하지 않을 거라는 믿음이 있는 사람하고만 샤브샤브를 먹겠다고.

세 가지 조건을 모두 충족하는 훌륭한 샤브샤브 친구들이 내게는 있다. 그들과 함께 샤브샤브를 먹으며 나는 돈 주고도 배울 수 없는 사교의 기술을 익힌다. 강요가 아닌 부드럽고 세련된 권유를, 상대가 싫어하는 행동을 재빨리 눈치 채는 방법을, 친밀함을 핑계 삼아 타인의 모든 영역에 침범하지 않는 사려 깊은 태도를.

그들과 함께라면 평생 샤브샤브만 먹어야 한다고 해도 괜찮을 것 같다. 보글보글 국물이 끓는 소리를 배경 음악 삼아 시시콜콜한 이야기를 나누는 시간. 떠올릴 때마다 마음이 든든해지는 그 풍경을 오래 오래 만나기 위해 일단은 나부터 좋은 샤브샤브 친구가 되어야겠다.

커
피
의

맛

도도의 아빠는 경찰이었다. 나는
그걸 무척 부러워했다. 경찰의
집은 경찰서 다음으로 안전할
거라고 생각했기 때문이다.
동네의 여러 집에 도둑이
들었다는 소문이 돌아 외출 전
몇 번씩 문단속을 하던 때였다.
도도네 집은 이런 걱정을 하지
않겠지? 경찰이란 정말 근사한
직업인 것 같았다.
뭘 전해주러 엄마와 함께 그
집에 간 적이 있었다. 학교에서의
도도는 굉장히 산만하고
시끄러운 아이였는데 학교
밖에서 따로 만나니 분위기가
사뭇 달랐다. 우리 엄마에게
고개를 꾸벅 숙여 인사한 그 애는

195

예의를 차리듯 소파에 잠깐 앉아 있다가 곧 자기 방으로 쏙 들어가버렸다. 다른 애들과 함께 있을 때는 안 그랬는데 둘이 있으니 어색해서 걔를 따라 들어가지 않았다.

곧 도도의 엄마가 쟁반을 들고 거실로 나왔다. 쟁반 위에 있던 세 개의 도자기 컵 중 하나가 내 앞에 놓였다. 이렇게 보고 저렇게 봐도 커피였다. 아찔할 정도로 달콤한 냄새가 나는 믹스커피. 나는 그걸 한참 바라보다가 도도의 엄마가 자리를 비우자 엄마에게 몰래 속삭였다.

"이거 커피 아니야? 마셔도 돼?"

태어나 처음으로 대접받은 커피는 나를 한껏 들뜨게 했다. 그 한 잔은 온전한 내 몫이었다. 아홉 살짜리 어린이에게 오렌지주스나 코코아가 아닌 커피를 대접하는 어른이 있다니! 포도를 들고 돌아오는 도도의 엄마가 그렇게 멋져 보일 수 없었다.

믹스커피의 맛은 기대했던 것처럼 특별하지 않았

다. 다 녹은 더위사냥 아이스크림을 그대로 컵에 쏟아 놓은 것 같았다. 그래도 그걸 한 모금씩 아껴가며 소중히 마셨다. 그게 나의 첫 커피였다.

한참의 시간이 흘러 나는 이십 대 중반의 키즈카페 아르바이트생이 되었다. 사장님은 근처 태권도장에서 아이들에게 태권도를 가르치며 부업으로 키즈카페를 운영했다. 말이 좋아 키즈카페지 놀 거리라고는 트램펄린 하나가 전부인 작은 매장이었지만 아이들이 뛰어놀 곳이 워낙 부족한 동네라서 찾아오는 손님이 제법 있었다. 거기서 일하며 윤서라는 아이와 친해졌다.

여덟 살 윤서는 학교 수업이 끝나면 돌봄교실에 갔다가 태권도장에 들른 뒤 도복을 입은 채로 키즈카페에 왔다. 엄마와 아빠는 회사에, 중학생인 오빠들은 학원에 다니느라 바쁘다고 했다. 윤서는 하루도 빠짐없이 왔고, 언제나 씩씩하게 뛰어놀았다. 짓궂

은 남자 친구들이 시비를 걸면 바닥에 주저앉아 울
거나 토라지는 대신 이를 악물고 끝까지 쫓아가 등
짝 한 대라도 때리고 돌아오는 아이. 나는 윤서가 더
편하게 달릴 수 있도록 날개뼈까지 오는 머리를 하
나로 높이 올려 묶어주곤 했다.

하루는 윤서가 카운터로 다가와 나를 빤히 쳐다봤
다. "윤서야, 왜?" 무슨 일인지 물어도 평소답지 않
게 수줍은 미소만 지을 뿐이었다. 무언가 원하는 게
있는 표정이었다. 한참을 머뭇거리던 윤서는 혼잣
말처럼 조용히 중얼거렸다.

"그거 한 번만 먹어보고 싶다."

윤서가 뚫어지게 보고 있던 건 내가 마시던 커피였
다. "한 번만 먹어보면 안 돼요?"가 아니라 "한 번만
먹어보고 싶다."라고 말한 게 못 견디게 귀여워서 조
금 놀려주고 싶었다. 흐음……. 심각한 표정으로 고
민하는 척하며 잠시 뜸을 들이다 고개를 끄덕였다.

"대신 딱 한 모금만이야."

기대에 찬 표정으로 커피를 꼴깍 삼킨 윤서는 혀를 날름거리며 천천히 맛을 음미했다. 그러고는 슬쩍 내 눈치를 살피더니 씩 웃으며 한 모금을 더 마셨다.

"어때, 맛있어?"

"음…… 달아요!"

그 말만 남기고 윤서는 다시 트램펄린을 타러 갔다. 기다리던 임창정의 노래가 나왔기 때문이다. 단걸 먹어서 기분이 좋아진 건지, 좋아하는 노래가 나와서 신이 난 건지 평소보다 기분이 좋아 보였다. 윤서가 높이 점프할 때마다 하나로 묶은 머리가 경쾌하게 팔랑거렸다.

그게 벌써 7년 전 일이다. 내가 20대에서 30대가 되는 동안 윤서는 초등학생에서 중학생이 되었겠지. 교복을 입고 친구들과 카페에 가는 윤서를 상상해 본다. 바닐라라테나 딸기스무디를 마시며 재잘재잘 수다를 떠는 모습을. 태권도복을 입고 키즈카페에서 뛰어놀던 시절이 까마득해질 무렵이면 아침에는 아메리카노만 마신다든가, 헤이즐넛 시럽을 두 펌프 넣는다든가 하는 윤서만의 커피 취향도 생길 것이다.

나는 이제 믹스커피를 마시지 않는다. 너무 달고 느끼해서 먹고 나면 입안이 텁텁해지는 느낌이 싫다. 그래도 오늘처럼 어쩌다 한 번씩 마시게 되는 날이면 어김없이 나의 첫 커피가 떠오른다. 다정한 손길로 내게 커피를 건네주던 도도네 엄마와 식탁 위에 놓여 있던 크리스탈 펭귄 장식품도, 가느다란 손잡이가 달린 도자기 컵의 생김새도. 특별할 것도 대단할 것도 없는 그 기억이 이상할 만큼 소중하게 느껴질 때가 있다. 나는 그런데 윤서는 어떨지 모르겠다.

복숭아

올해 첫 복숭아를 먹었다.
여름이면 지천으로 널려 있는
흔한 과일이지만 나에게는
특별해서 먹기 전에 찰칵찰칵
사진을 찍어놓는 것도 잊지
않았다. 올여름에는 과연
복숭아를 몇 번이나 먹을 수
있을까? 어쩌면 이번이 처음이자
마지막일지도 모른다.

내 태몽은 복숭아다. 물어볼
때마다 디테일이 조금씩 바뀌는
엄마의 기억에 따르면 풀과 꽃과
나무가 가득한 들판을 걷다가
바닥에 떨어져 있는 탐스러운
복숭아를 주웠다고 한다. 실제로
엄마가 나를 가졌을 때 가장
좋아했던 과일은 포도였지만.

복숭아 꿈을 꾸고 복숭아 알레르기가 있는 딸을 낳았다니. 이게 무슨 운명의 장난 같은 일일까?

복숭아는 정말 얄미운 과일이다. 황홀할 만큼 맛있는데 먹고 나면 입천장과 입술 주변이 못 견디게 간지럽다. 과즙이 직접 닿으면 물집이 잡힌 것처럼 입술이 부풀기도 한다. 그래도 나는 생명의 위협을 느낄 정도는 아니라서 최대한 입술에 닿지 않게 조심하며 가끔 맛보곤 하는데 나보다 심한 동생은 그마저도 할 수 없다.

몇 년 전에는 한밤중에 그 애를 데리고 급하게 응급실을 찾았다. 유혹을 이기지 못하고 집에 있던 복숭아를 먹은 날이었다. 그날의 알레르기 반응은 지금까지 겪었던 것과는 차원이 달랐다. 얼굴과 몸에 두드러기가 돋고 기도가 부어올라 숨도 제대로 쉬지 못하던 동생은 수액을 맞고 나서야 겨우 안정을 찾은 것처럼 보였다. 하지만 치료가 끝나고 응급실 밖으로 나오던 중 잠깐 정신을 잃고 말았다. 급성 알레르기 쇼크라고 했다.

그 뒤로 우리 집 냉장고는 복숭아 금지 구역이 됐다. 일단 공식적으로는 그랬다. 어쩌다 한번 복숭아를 사 오면 검정색 비닐봉지로 둘둘 감싸 김치냉장고 깊숙한 곳에 숨겨놓고 동생이 없을 때만 몰래 꺼내 먹었다. 완전 범죄를 위해 껍질과 씨도 바로바로 버려야 했다. 참을성도 조심성도 없는 그 애는 뒷일이야 어떻게 되든 이 무서운 과일을 일단 한입 먹고 볼 테니까.

몰래 먹는 복숭아의 맛은 환상에 가까웠다. 뭔가를 몰래 먹는 게 이토록 스릴 넘치고 신나는 일이었다니. 시골에서 자란 엄마는 여름이면 종종 친구네 밭에서 수박이며 참외를 서리했던 경험담을 풀어놓는다. 그때 훔친 과일들도 이렇게 달콤했을까. 도시에서 태어나 도시에서 자란 나는 복숭아를 먹으며 훔친 과일의 맛을 설핏 짐작해본다.

미숙이 아줌마네 오빠가 키워서 보내줬다는 오늘의 복숭아도 그렇게 먹었다. 동생이 잠든 사이 후다닥, 엄마와 함께 내 방에 숨어서 몰래. "와, 엄청 달다! 내가 좋아하는 딱딱이 복숭아네!" "아냐, 이거 황도야. 익으면 물렁해져." "미숙이 아줌마는 좋겠다. 오빠가 복숭아 농사도 짓고." 이런 말들을 속닥속닥 입모양으로만 주고받으면서. 한 조각을 삼키고 나면 어김없이 입천장이 간지러웠다. 하지만 그 정도 괴로움은 얼마든지 눈감아줄 수 있는 맛이었다.

나를 임신했을 때 엄마는 한 번씩 가슴이 철렁했다고 한다. 배 속의 내가 너무 얌전해서. 정말 거기 있는 건지 의심스러울 정도로 태동이 없어서 숨을 죽이고 가만히 나를 불러봤다고 한다. 복숭아 꿈으로 존재를 알린 조용한 아기는 2.8킬로그램으로 세상에 나왔다. 남들보다 작게 태어났어도 무사히 잘 자라서 함께 복숭아를 먹는다.

복숭아를 앞에 두고 우리는 다시 조용해진다. "맛있지?" "맛있다!" 목소리를 낮춰 속삭이며 우리가 이 조금 무섭고 얄밉고 달콤한 과일로 연결되어 있음을 확인한다. 가족이란 건 치명적이지 않은 알레르기 같다. 기쁨과 괴로움을 동시에 주는.

"맛있지?" "맛있다!"

목소리를 낮춰 속삭이며 우리가

이 조금 무섭고 얄밉고 달콤한 과일로

연결되어 있음을 확인한다.

"낮말은 새가 듣고 밤말은
쥐가 듣는다." 바야흐로 4차
산업혁명 시대. 이제 이 속담은
이렇게 수정되어야 한다. "낮
검색내역은 구글이 알고 밤
검색내역은 네이버가 안다."
블루투스 키보드를 구입하기
위해 쇼핑 사이트 몇 곳을
돌아다녔다가 며칠째 광고
폭격에 시달리는 중이다. 광고는
어디에나 있다. 번화가를 걷다
보면 어디선가 슬그머니 나타나
말을 걸어오는 도를 아십니까
무리처럼. 치앙마이로 휴가를
떠난 친구가 인스타그램에 올린
쌀국수 사진을 보며 침을 꿀꺽
삼키다가도(부럽다!), 12세 미만

어린이 주식 부자가 5년 사이 25퍼센트 가까이 증가했다는 기사를 보며 한숨을 쉬다가도(너무너무 부럽다!).

★반짝 특가★ ○○○ 블루투스 키보드! 이 가격 실화?
이젠 레트로가 대세~ 리얼 타자기 감성 키보드
아이패드를 노트북처럼? ○○ 블루투스 키보드

저기 말이야…… 혹시 날 잊은 건 아니지? 스크롤을 내리면 블루투스 키보드 광고가 수줍게 까꿍 고개를 내민다. 샀어, 좀, 샀다고! 지난주에 배송 와서 벌써 쓰고 있다고!!! 알고리즘과 빅데이터는 무섭도록 영리한 동시에 놀랍도록 멍청하다. 나에게 블루투스 키보드가 필요하다는 사실은 우리 엄마보다도, 내 친구 김이슬보다도 빨리 알아채면서 내가 그걸 샀다는 사실은 옆집 푸들 초코보다도 늦게 안다. 내 인스타그램에는 각종 생활용품과 인테리어 소품 광고가 자주 뜬다. 아마도 20~30대 1인가구를 타깃으로 한 인테리어 정보 공유 채널들을 즐겨 보기 때문일 것이다. 그런 채널에서는 비현실적으로 느껴질 만큼 정갈하게 꾸며놓은 집들을 소개한다. 그러고는 "어때, 부럽지? 너희 집도 이렇게 될 수 있어~"라는 메시지를 전달하며 은근슬쩍(그러다 점점 대놓고) 무언가를 판다. 아름답고 불편해 보이는 의자, 작지만 흡입력 강한 무선 청소기, 내 방을 감성 넘치는 카페로 만들어주는 커피머신, 한 번도 안 써본 사람은 있어도 한 번만 써본 사람은 없다는 옷장 탈취제 같은 것들. 그런 장삿속을 뻔히 알면서도 꼬박꼬박 광고창을 클릭한다. 멋지게 꾸며놓은 남의 집을 구경하며 미래의 우리 집을 상상하다 보면 오늘을 조금 더 열심히 살고 싶어지기 때문이다. 하지만 그러다가도 문득 씁쓸한 기분이 든다. 그런 광고에 빠지지 않고 등장하는 이 단어를 발견할 때면.

소확행.

처음에는 나도 그 말을 좋아했다. 소확행을 알기 전까지 내게 행복이란 알프스 산맥의 만년설 같은 것이었다. 이 세계 어딘가에 존재하는 건 확실하지만 아득히 멀어 환상처럼 느껴지는 것. 먼저 본 사람들이 자랑처럼 떠들면 한 귀로 듣고 한 귀로 흘려버리는 것.

그렇게 까마득한 행복 앞에 '소소하지만 확실한'이라는 마법의 수식어를 붙이면 그게 단숨에 내 손에 들어오는 게 좋았다. 퇴근길 편의점에서 새로 나온 아이스크림을 사 먹는 것도 행복, 천 원짜리 몇 장 들고 코인노래방에 가는 것도 행복, 효과 좋은 곰팡이 제거제를 사는 것도 행복……. 행복은 확실해졌고, 가까워졌다. 그리고 아주 작아졌다. 알프스 산맥에서 초등학교 앞 과속방지턱으로.

매일 반복되는 팍팍한 일상 속에서도 작은 행복을 찾는 일은 중요하다. 그건 일상의 활력이 되고 지친 마음을 건강하게 만들어준다. 하지만 진짜 소확행이 아닌 '소확행 마케팅'을 통해 얼마나 많은 사람들이 얼마나 다양한 것들을 팔아먹었는지 생각하다 보면 어쩔 수 없이 얄미운 마음이 든다. 일회성 소비 중심으로 확산된 소확행의 유행이 행복의 하향평준화처럼 느껴진다면 내가 너무 꼬인 걸까? 소확행을 앞세워 홍보하는 제품이나 서비스를 소비하는 사람들은 대부분 나 같은 청년들이다. 더 큰 행복을 꿈꿀 기회를 박탈당한 세대에게 소확행은 그나마 남은 선택지일지도 모른다.

이게 바로 소확행이지~ 귀염뽀짝 포근포근 차렵이불 오늘만 반값 세일!

나는 작은 것들로부터 얻는 소소한 행복을 사랑하지만 오직 그것만으로도 충분한 사람이 되고 싶지는 않다. 저녁에는 오늘의 소확행을 떠올리며 고마

운 마음으로 하루를 마무리하고, 아침이 오면 더 큰
행복을 찾아 씩씩하게 집을 나설 수 있기를. 그것을
원한다고 당당히 말할 용기가 언제나 내게 있기를
바란다.

솜 포함 3만 5천 원짜리 이불보다 더 가지고 싶은 건
그 이불을 덮고 마음 편히 누울 수 있는 내 집이다.
그리고 그걸 기반으로 꿈꿀 수 있는 최소한의 안전
이 보장되는 미래, 생존을 걱정하지 않아도 되는 삶
이 만드는 느긋하고 여유로운 마음. 내가 정말 원하
는 건 바로 그런 것들이다. 크고 멀고 불확실한 행복.

그러니까 결론은 돈이 짱이라는
거야.

언제부턴가 친구들과의 대화는
늘 이런 식으로 마무리됐다.
누구를 만나도, 어떤 이야기를
해도. 우리를 괴롭히는 고민의
80퍼센트는 돈만 있으면 지금
당장이라도 말끔히 해결될
것들이었다. 그건 우리가 아직
젊음의 한가운데에 있다는
뜻이기도 했다.

어떤 사람은 격려하듯 말했다.
돈으로 해결할 수 있는 건
생각만큼 심각한 문제가
아니라고. 삶을 위협하는 진짜
문제는 돈으로도 해결할 수 없는
것들이라고. 틀린 말은

아니었지만 그 말이 우리에게 희망을 주지는 못했다. 어떤 사람은 가르치듯 말했다. 돈으로 행복을 살 수는 없단다. 그런 말을 들을 때면 속으로 대꾸했다. 그렇군요, 하지만 가난으로 불행을 살 수는 있답니다! 게다가 그건 거의 강매에 가깝죠.

돈은 자꾸만 우리를 작아지게 했다. 미워하지 않아도 될 것들을 미워하게 하고, 소중한 것들로부터 멀어지게 했다. 그러니까 결론은 돈이 짱이라는 거야. 질리도록 반복한 말을 한 번 더 하게 했다.

"우리 가을에 바다 보러 갈까?"

엄마에게 불쑥 말했던 날을 기억한다. 돈 때문에 놓치고 있는 것들을 하나하나 떠올려보다가 조금 슬퍼진 날이었다. 가족 여행은 어릴 때 몇 번 갔었지만 단둘이 멀리 떠난 적은 한 번도 없었다. 목적지는 자연스럽게 늘 말했던 부산으로 정해졌다. 부산이 처음인 엄마는 여름의 시작부터 잔뜩 들떠 있었다.

나는 호기롭게 말했다.

"숙소는 엄청 좋은 호텔로 하자, 돈은 내가 낼게!"

나는 가능한 만큼 무리하고 싶었다. 엄청 좋은 호텔과는 거리가 먼 삶을 살아온 우리에게 그 여행은 아주 특별한 이벤트였으니까. 폭염의 끝을 알리는 선선한 바람이 불자 호텔 예약 사이트에 접속했다. 체크인과 체크아웃 일정을 입력하고 추천 목록을 살펴봤다. 파라다이스, 신라스테이, 롯데, 하얏트……. 내가 아는 좋은 호텔들의 이름이 떴다. 그리고 그 사이에 힐튼이 있었다. 힐튼이라는 글자를 보는 순간 그 이름이 가지고 있는 어떤 이미지들이 머릿속에 뭉게뭉게 떠올랐다. 다른 곳들이 그냥 좋은 호텔이라면 힐튼은 왠지 엄청 좋은 호텔처럼 느껴졌다. 우리는 짧은 고민 끝에 힐튼에 가기로 결정했다.

오픈한 지 얼마 되지 않은 힐튼 호텔은 예상대로 독보적인 시설과 규모를 자랑했다. 블로그를 뒤져 후기를 찾아보니 화장실이 우리 집 거실만 했다. 어떤 글을 클릭해도 사진이 하나같이 멋졌다. 발로 찍어도 화보가 되는 근사한 인테리어 덕분인 듯했다. 비수기 디럭스 트윈룸은 특가로 2박에 44만 7천 원이었다. 취소 시 환불이 되지 않는 조건이었다.

카드 정보를 기입하고 결제 버튼을 누르니 메일로 예약 확인서가 도착했다. 지금부터 3시간 이내에만 환불 가능합니다. 빨간색으로 진하게 적혀 있는 환불 안내 메시지를 읽는데 심장이 빨리 뛰고 배가 살살 아파왔다. 1박에 3만 원짜리 게스트하우스만 다니던 내가 지금 힐튼 호텔을 예약한 거야? 정말? 호들갑을 떠는 사이 금세 세 시간이 흘렀다.

나는 내가 잘 안다고 생각했다. 돈이 얼마나 좋은 건지, 그게 얼마나 많은 것들을 가능하게 하는지. 하지만 호텔을 예약하며 인정해야 했다. 내가 아무것도 알지 못했다는 것을. 디럭스 트윈룸 가격에서 5만 원을 추가하면 프리미엄룸으로 객실을 업그레

이드 할 수 있었다. 10만 원을 추가하면 조식이 제
공됐고, 15만 원을 추가하면 오션뷰 객실에 묵을 수
있었다. 20만 원을 추가하면 라운지와 수영장, 사우
나 같은 부대시설을 이용할 수 있었는데 후기를 찾
아보니 라운지 창밖으로 보이는 바다의 풍경이 무
척 아름다웠다는 평이 많았다.

같은 호텔에 묵어도 얼마를 지불했는지에 따라 경
험의 폭이 달라졌다. 돈을 펑펑 쓸 때 누릴 수 있는
것들의 목록을 나는 아주 피상적으로만 알고 있었
던 것이다. 돈? 많으면 좋겠지. 하지만 구체적으로
무엇이 어떻게 좋은지는 돈을 펑펑 써본 사람만 알
수 있었다.

내가 틀렸다.
돈은 짱이 아니었다. 개짱이었다.

호텔을 예약한 뒤 우리는 하루하루 설렘 속에서 살

왔다. 일상에 지쳐 기운이 없다가도 부산에서 보낼 사흘을 생각하면 다시 힘을 낼 수 있었다. 여행을 보름 앞두고는 아웃렛에 갔다. 호텔에서 함께 입을 커플 잠옷을 고르는 엄마는 조금의 빈틈도 없이 행복해 보였다. 다가올 미래를 기대하게 만드는 것. 그게 바로 여행의 미덕인 것 같았다.

천 원짜리 한 장에도 벌벌 떨던 나는 이 사치가 너무 좋아서 당황스러웠다. 떠나기도 전에 알 수 있었다. 우리가 이 여행을 아주 오래 기억하게 되리라는 것을. 근사한 풍경과 맛있는 음식 앞에서 감탄하며 내년에 또 오자고 다짐하겠지만 사는 게 바빠 결국 그러지 못할 테니까. 그래서 아무것도 아깝지 않았다. 44만 7천 원으로 사랑하는 사람의 행복을 살 수 있다면 그건 어떻게 계산해도 남는 장사였다.

돈은 짱도 아닌 개짱이지만 그보다 더 짱인 게 있다. 돈이 최고라고 말하는 내가 그 피 같은 돈을 써서라도 웃게 만들고 싶은 사람들. 그리고 그들의 행복이 곧 나의 행복이 되는 벅찬 순간. 모순 같지만 그런 순간을 더 자주 만나고 싶어서 자꾸만 돈돈거리며 살게 된다.

출발 전날, 우리는 거실 전기장판 위에 이불을 깔고 나란히 누워 함께 잤다. 눈을 감았다 뜨면 2박 3일짜리 여행이 시작될 것이었다. 그 모든 게 눈 깜빡할 속도로 지나갈 걸 알아서 쉽게 잠들 수 없었다. 새벽 기차를 타려면 일찍 일어나야 하는데 밤이 깊어갈수록 정신이 또렷해졌다. 옆에 누운 엄마도 자꾸만 뒤척였다.

그러는 동안에도 시간은 부지런히 흘러 아직 시작하지도 않은 여행이 끝나가고 있었다. 벌써부터 아쉬운 여행 전야였다.

체면보다 중요한 것

나는 선물을 좋아한다. 선물은 주는 것도 받는 것도 기쁘다. 하지만 꼭 둘 중 하나를 골라야 한다면 역시 주는 쪽이 조금 더 좋은 것 같다. 이렇게 말하면 너그럽고 인정 많은 사람인 척하는 것 같아 머쓱해지지만 그래서가 아니다. 받는 것보다 주는 게 쉽기 때문이다.

선물을 줄 때는 산뜻한 기쁨만 느끼면 되지만 받을 때는 기쁘면서도 늘 조금씩 곤란해진다. 누군가 나를 만나는 자리에 쇼핑백을 들고 나왔을 때, 그런데 그게 누가 봐도 내게 줄 생일 선물일 때. 어떡하지? 나는 마음속으로 바쁘게 고민하기 시작한다. 먼저 아는 척하자니 뻔뻔해 보일 것 같고, 모르는 척하자니 그건 또 그것대로 민망하고. 결국 이리저리 시선을 돌리며 절대 그쪽을 보지 않으려고 노력한다. 그러다 마침내 상대가 선물을 건네면 아무것도 몰랐다는 듯 어설픈 연기를 펼친다.

어머나, 세상에! 이게 뭐야?

그럴 때면 스스로가 가증스러워서 얼굴이 화끈거린다. 역시 선물은 받는 것보다 주는 게 편한 것 같다.

이런 기분은 익숙하다. 오래전 초등학교 시절, 나는 일주일에 한 번씩 선생님이 집으로 찾아오는 학습지를 했다. 선생님은 종종 학생들에게 선물을 나눠주었다. 선물이라고 해봤자 판촉물 업체에서 대량 제작한 수첩이나 연필, 플라스틱 저금통 같은 자잘한 물건들일 뿐이었지만 그런 잡동사니에 번번이 마음을 빼앗기곤 했다. 칠교놀이 세트나 구구단 카드처럼 아기자기한 교구들도 좋았다. 제사보다 젯

밥이라고, 공부가 아니라 선물에 대한 사심 때문에 학습지를 계속했다.

하지만 숫기 없는 어린이였던 나는 선생님의 가방 속에서 바스락거리는 소리가 들리는 순간부터 긴장하기 시작했다. 선생님이 예쁘게 포장된 선물을 꺼내 책상 한쪽에 올려놓아도 그걸 직접 건네받기 전까지는 눈길도 주지 않았다. 궁금한 마음을 꾹 참고 새침하게 앉아 있다가 수업이 끝나고 선생님을 배웅하고 나면 후다닥 방으로 돌아와 선물을 풀어보았다.

내게 중요한 건 첫째도 둘째도 체면이었다. 나는 우아하고 싶었다. 원하는 것을 얻기 위해 발버둥치는 모습을 남에게 보이는 건 왠지 자존심 상했다. 네 살 아래인 남동생이 마트 장난감 코너에서 울며불며 떼를 써 팽이 하나라도 얻어낼 때 나는 그 옆에 얌전히 서서 갖고 싶은 인형을 곁눈질로 바라만 봤다. 사람들이 쳐다보든 말든, 마트 한복판에서 엄마에게

야단을 맞든 말든 원하는 걸 손에 넣을 때까지 빽빽 우는 그 애가 창피했다.

어른이 되어서도 마찬가지였다. 앞으로 달려가 물불 가리지 않고 내 몫을 쟁취해야 하는 상황마다 나는 한 발짝 뒤로 물러나 여유로운 척 뒷짐만 지고 있었다. 한정된 자원을 두고 여러 사람들과 경쟁해야 하는 순간에도 그런 일에는 관심 없는 척 허허 웃고만 있었다. 닭싸움을 구경하는 한 마리 고고한 학처럼.

홍생아사라는 이야기가 있다. 조선시대 한 마을에 홍 생원이라는 몰락한 양반이 살았다. 관직도, 재산도, 부인도 없는 그는 매일 집 근처 훈조막(메주를 만들어 말리는 곳)을 찾아가 그곳의 일꾼들에게 밥을 구걸해 두 딸을 먹였다. 하루는 술에 취한 일꾼이 그에게 다가와 욕을 하며 시비를 걸었다. "당신이 훈조막 신령이오, 아니면 우리들 상전이오? 도대체 왜 자꾸 찾아와 밥을 달라 하시오?" 수치심을 느긴 홍 생원은 눈물을 머금고 돌아갔다. 그러고는 엿새가 지나도록 집 밖으로 나오지 않았다. 이를 이상하게 여긴 한 일꾼이 그의 집을 찾아갔다. 문을 열어 보니 홍 생원과 두 딸이 너무 오래 굶어 다 죽어가는 몰골로 누워 있었다. 일꾼은 급히 죽을 쑤어 와서 그들에게 먹이려고 했다. 그러나 홍 생원은 그것을 입에 대지 않았다. 음식 냄새를 맡은 다섯 살짜리 딸이 몸을 일으키려 하자 그는 말했다. "너는 이것을 먹겠느냐? 엿새를 굶어 겨우 죽음에 이르렀는데 이 죽을 먹고 살아나 또 다시 그 치욕을 당해야겠느냐?" 결국 그와 어린 딸들은 죽을 먹지 않았고, 이튿날 모두 굶어 죽은 채로 발견되었다.

불쌍하고 한심한 홍 생원 이야기를 들으며 어쩐지 마음 한쪽이 서늘해졌다. 결국 그에게는 어린 자식들의 목숨보다 체면이 더 중요했던 거겠지. 그런데 과연 내게 홍 생원을 한심하게 여길 자격이 있을까? 내가 만약 그였다면 망신을 당하고도 꿋꿋하게 구걸을 계속했을까? 그저 상상일 뿐인데도 선뜻 그렇다고 대답할 수 없었다.

그때부터 나는 한 번도 자세히 들여다본 적 없었던 나의 욕망을 관찰하기 시작했다. 스스로의 욕망을 똑바로 바라보고 있는 그대로 인정하는 것은 지금까지 내게 없던 새로운 용기가 필요한 일이었다. 좋은 집에 살고 싶고 좋은 차를 타고 싶다. 특별한 날에는 비싼 식당에서 저녁을 먹고 싶고, 사랑하는 사람들을 백화점에 데려가고 싶다. 내 욕망은 어쩌면 이렇게도 진부하고 보편적인지. 세상사에 관심 없는 척, 우아하고 고상한 사람처럼 보이고 싶은 마음도 결국 자기만족을 위한 욕심이었다. 그러나 이런 내게 더는 실망하지 않는다. 내가 되고 싶은 건 세상을 구하는 위인이 아니라 나를 구하는 보통의 인간일 뿐이니까.

요즘 내가 연습하는 태도는 이런 것들이다. 원하는

것을 돌려 말하지 않고 분명하게 요구하기. 우는 놈 떡 하나 더 주는 곳에서는 점잔 빼지 말고 우는 시늉이라도 하기. 나는 그렇게 내 욕망에 솔직해지고 싶다. 그러려면 일단 몸과 마음을 잘 보살펴 어디 내놓아도 부끄럽지 않은 건강한 욕망을 가진 사람이 되어야 할 것이다.

이제 내 삶에는 체면보다 중요한 게 많다. 그 사실만으로도 아주 약간은 부자가 된 것 같은 기분이 든다.

내가 되고 싶은 건 세상을
구하는 위인이 아니라
나를 구하는 보통의
인간일 뿐이니까.

룸톤

타임

카메라를 다루는 일은 너무 어렵고 복잡했다. 구도를 잡고, 화이트밸런스를 맞추고, 적절한 워킹으로 배우의 움직임을 따라가고. 기계를 향한 나의 애정은 언제나 짝사랑 비슷한 것이었기에 촬영감독 자리는 감히 욕심내지 않았다. 작은 실수로도 대단한 민폐를 끼칠 수 있는 역할은 되도록 맡고 싶지 않았다.

제작 워크숍 수업에 참여한 우리는 한 학기 동안 네 개 조로 나뉘어 20분 분량의 단편영화를 완성해야 했다. 나는 동갑내기 태의 팀에 들어갔다. 총감독을 맡겠다고 손을 든 네 명의 동기들

중 그나마 가장 만만한 상대였기 때문이다.

카메라가 무서워 촬영 감독은 못 하겠고, 조명 감독 자리는 이미 찼고. 결국 내 손에 들어온 건 마이크였다. 보기만 해도 흥얼흥얼 콧노래가 나올 것 같은 노래방 마이크가 아니라 엄청나게 크고 길고 무거운 촬영용 붐 마이크. 그건 언뜻 보면 헬스장에서 쓰는 체력 단련 기구 같기도 했고, 전쟁 영화에서 본 무기 같기도 했다. 장대 끝에 달린 마이크에 바람막이를 씌우면 페르시안 고양이나 삽살개처럼 복슬복슬 귀여운 모습이 되어 그나마 조금 친근하게 느껴졌다. 녹음 감독이라는 호칭을 획득한 나는 아무도 모르게 안도했다. 가마니처럼 가만히 서서 녹음만 하면 되겠지? 아니, 녹음은 녹음기가 할 테니 나는 그냥 마이크만 잘 들고 있으면 될 거야. 팔이 좀 아프긴 하겠지만 크게 어려울 일은 없을 것 같았다.

하지만 세상이 그렇게 호락호락할 리 없었다. 녹음

은 내가 생각했던 것보다 훨씬 어렵고 까다로운 일이었다. 각 팀의 녹음을 맡은 우리는 제일 먼저 마이크를 조립하고 해체하는 방법을 배웠다. 비싼 거라고 하도 겁을 줘서 잔뜩 긴장하는 바람에 손이 부들부들 떨렸다. 마이크와 녹음기는 별개의 장비라는 기초 상식에서부터 시작해 배우들의 대사를 또렷하게 잡아내면서 화면에는 잡히지 않을 최적의 위치를 찾는 고급 기술까지 배우고 나니 얼추 선무당 정도의 실력은 갖추게 되었다.

소리에 예민한 나는 녹음에 금방 재미를 붙였다. 막상 해보니 촬영만큼이나 신경 쓸 부분이 많은 작업이었지만 배우면 배울수록 재미있었다. 헤드폰을 쓰고 녹음 버튼을 누르면 사람들 틈에 섞여 있어도 혼자 있는 것 같은 느낌이 들었다. 그 느낌이 이상하게 좋았다. 마이크와 녹음기를 통과한 음파는 익숙하면서도 생경하게 재구성됐다. 어떤 소리를 들을 때는 팔뚝에 오스스 소름이 돋기도 했다.

녹음 감독이 가장 큰 권한을 행사하는 순간은 룸톤을 딸 때였다. 모든 공간은 아무런 사건이 일어나지 않을 때에도 각각의 고유한 소음을 가지고 있는데 그 소음을 바로 룸톤이라고 한다. 같은 공간이라도 시간이나 날씨 등 다양한 변수에 따라 소리가 달라지기 때문에 촬영을 마치면 반드시 그날 그곳의 소리를 녹음해두어야 한다. 이렇게 녹음한 룸톤은 이후 편집 과정에서 유용하게 사용된다.

"자, 룸톤 딸게요!"

이 말은 시간을 멈추는 마법의 주문 같았다. 큰 소리로 그렇게 외치고 나면 그곳에 있는 모두가 쥐죽은 듯 조용해졌다. 분주하게 움직이며 서로 다른 소음을 만들어내던 사람들이 일제히 동작을 멈추고 내 입에서 오케이 사인이 떨어지기만을 기다렸다. 2분 남짓한 침묵의 시간은 더없이 평온하고 안락했다.

눈을 감으면 세계는 오직 소리로 이루어져 있는 것 같다. 침묵도 침묵이 아닌 것 같다.

사람들로 북적이는 장소에 가면 소리를 갈취하고 싶어진다. 주말 오후 홍대입구역 9번 출구에서, 퇴근하는 직장인들로 가득한 지하철에서, 세일 방송이 나오는 마트 수산 코너에서. 인간의 소리가 없는 그곳에는 과연 어떤 소리들이 남게 될지 상상해본다.

하지만 이제는 그 마법의 주문을 외칠 수 없다. 대신 나는 깊고 깊은 바닷속 같았던 그때의 룸톤 타임을 떠올리며 이어폰을 찾는다. 소리로 소리를 덮고 내가 아는 가장 조용한 세계를 그리워한다.

우
연
한

미
래

"……그래서 내가 속으로 그랬지.
에이 씨, 그래 너 잘났다. 넌 꿈도
컬러로 꾸겠다!"
벌게진 얼굴로 직장 생활의 고충을
털어놓는 친구를 위로하며
열심히 맞장구를 치다가
나도 모르게 말을 끊고 말았다.
"잠깐만, 뭐라고? 컬러 꿈?"
"어?"
"꿈을 컬러로 꾸는 게 뭐야? 그럼
흑백 꿈도 있어?"
"무슨 소리야, 꿈은 당연히
흑백이지."

?

???

???????

우리는 서로를 바라보며 잠시 말이 없었다.

눈빛과 눈빛 사이로 무수한 물음표가 떠올랐다.

흑백 꿈의 존재를 처음 알았을 때 나는 엄청난 충격을 받았다. 흑백 꿈이라니. 꿈이 흑백일 수 있다니! 혹시 내가 농담을 진담으로 받아들인 걸까? 그 뒤로 한동안 사람을 만날 때마다 꿈의 색을 물었다. 대답은 세 가지 유형으로 나뉘었다.

1) 당연히 흑백이지 2) 당연히 컬러지 3) 갑자기 물어보니까 잘 모르겠는데…….

인터넷에는 조금 더 다양한 사람들이 있었다. 꿈은 원래 흑백이지만 우리에게 익숙한 현실이 컬러라서 뇌가 착각을 일으키는 거라고 주장하는 사람, 기가 약해지면 컬러 꿈을 꾸니 평소에 몸을 잘 챙겨야 한다고 경고하는(그러면서 슬그머니 약을 파는) 사람, 노화가 진행될수록 흑백 꿈을 꾸게 될 확률이 높아진다고 말하는 사람. 어느 쪽도 딱히 믿음이 가지 않았다.

그동안의 데이터를 종합해본 결과 내 꿈은 분명 컬러였다. 어떤 꿈에서 나는 현실에서였다면 절대 입지 않았을 분홍색 민소매 원피스를 입고 춤을 췄다. 정체 모를 괴한에게 습격당해 가슴에서 검붉은 피를 울컥울컥 쏟아내는 남자를 보았다. 샛노랗게 염색한 머리카락을 거울에 비춰보며 즐거워했다. 어느 날 갑자기 꿈에서 색이 사라진다면 틀림없이 서운할 것이다. 꿈의 생생함도 함께 사라져버릴 테니까.

꿈에 대해서라면 할 말이 많다. 나는 거의 매일 꿈을 꾸고 대부분의 꿈을 어제 본 풍경처럼 또렷하게 기억한다. 수면의 질이 떨어질수록 꿈이 선명해진다는 말도 있지만 그게 사실이라고 해도 계속 꿈을 꾸고 싶다. 삶의 장르는 여간해선 바뀌지 않지만 꿈의 장르는 아무 노력 없이도 매일 달라진다. 드라마와 판타지, 스릴러와 SF를 바쁘게 오가며 나는 밤마다 새로운 영화의 주인공이 된다. 현실의 내게는 없는 그 무한한 가능성이 가끔은 감격스럽기도 하다.

'루시드 드림'이라는 게 있다. 한자로는 자각몽. 꿈을 꾸는 중이라는 사실을 인지한 채로 꾸는 꿈이다. 인터넷에 루시드 드림을 검색하면 저마다의 이유로 그것을 경험하고 싶어 하는 사람들의 이야기를 볼 수 있다. 단순한 호기심 때문인 사람도 있지만 어떤 사연은 너무나 절실해서 함부로 옮겨 적으면 안 될 것 같다. 카페나 블로그에 매일 꿈 일기를 쓰는 사람들도 있다. 꿈 이야기를 좋아해서 종종 그걸 찾아보곤 하는데 그들의 꿈 역시 대체로 컬러다. 루시드 드림을 간절히 원하는 사람들은 기술을 연마해 높은 경지에 이르면 꿈을 마음대로 통제할 수 있다고 굳게 믿는다.

만약 내게 그런 능력이 생긴다면 어떨까? 그렇다면 일단 현실의 내가 바라는 삶을 꿈에서라도 살아봐

야지. 근사한 테라스가 딸린 집과 부드럽고 따뜻한 고양이, 가만히 있어도 저절로 잔고가 불어나는 통장이 있는 삶. 무엇도 제한하지 않는 날렵하고 힘센 몸과 영리한 머리를 가진 사람이 되어 역사에 길이 남을 위대한 업적을 세우기도 할 것이다.

하지만 역시 곤란할 것 같다. 아무리 생각해도 그토록 황홀한 꿈에 중독되지 않을 자신이 없다. 과연 내가 그런 꿈 말고 다른 꿈도 꿀 수 있을까? 통제할 수 있다면 내 꿈의 장르는 빠른 속도로 축소될 것이다. 어차피 다시 현실로 돌아와 익숙하고 지겨운 내가 되어야 한다면 꿈에서라도 최대한 멀리까지 가보고 싶다. 꿈나라보다는 꿈 세계로, 꿈 세계보다는 꿈 우주로.

꿈에서 나는 무엇이든 될 수 있고 어디로든 갈 수 있지만 아무것도 내 의지로 선택할 수 없다. 그 우연성이 나를 한 번도 상상하지 못했던 새로운 세계로 데려다 준다. 심해 같은 무의식 속을 무방비 상태로 둥둥 떠다니는 동안 나는 딱 그만큼 깊은 경외심을 느낀다. 통제할 수 없기에 속수무책으로 동요하며. 때로는 놀라고 때로는 겁에 질리기도 하며. 현실의 나를 넘어 끝없이 확장된다. 꿈에서도 현실에서도 결국 나를 더 큰 사람으로 만드는 건 아무것도 마음대로 되지 않는 순간들인 것 같다.

사나운 꿈에서 깨어난 아침에는 이불에 얼굴을 묻는다. 꿈과 현실의 경계에서 어렴풋이 느껴지는 익숙한 섬유유연제 냄새를 맡으면 그제야 비로소 무사히 돌아왔다는 안도감이 밀려온다. 그 느낌은 무척 소중하다. 이 세계는 끊임없이 나를 괴롭히고 매일 다른 슬픔과 분노를 가르치지만 그럼에도 내가 있어야 할 곳은 여기라는 확신이 든다.

오늘도 나는 어떤 꿈을 꾸게 될지 모르는 채로 잠들 것이다. 잠에서 깨면 어떤 삶을 살게 될지 모르는 채로 살아갈 것이다. 아무도 본 적 없고 누구도 알 수

없는 우연한 미래를 향해 씩씩하게 걸어간다. 그 사
실이 두렵다가도 기쁘게 다행이다.

꿈에서도 현실에서도 결국
나를 더 큰 사람으로 만드는 건
아무것도 마음대로 되지 않는
순간들인 것 같다.

어느
맑은 날

약속이
취소되는

기쁨에
대하여

초판 1쇄 발행	2021년 6월 7일
초판 3쇄 발행	2021년 6월 10일

지은이	하현
펴낸이	박지수

펴낸곳	비에이블
출판등록	2020년 4월 20일 제2020-000042호
주소	서울시 성동구 연무장11길 10 우리큐브 283A호(성수동2가)
이메일	b.able.publishers@gmail.com

- 인쇄·제작 및 유통상의 파본 도서는 구입하신 서점에서 바꿔드립니다.
- 이 책의 전부 또는 일부 내용을 재사용하려면 반드시 사전에 저작권자와
  비에이블의 서면 동의를 받아야 합니다.
- 비에이블은 컬처허브의 임프린트입니다.
- 40쪽 인용글 출처: 토베 얀손, 안미란, 《여름의 책》, 민음사, 2019